牛車走過的歲月

首部曲

紅塵有愛

凌煙 —— 著
李岳峰 —— 故事構想

本書原始架構與人物情節，由李岳峰導演提供。

序／農業社會堅毅如台灣牛的傳統女性

十多年前，李岳峰導演製作執導的電視劇《後山日先照》在公共電視熱播，我看了大受感動。早年李導演所拍攝製作的一系列本土八點檔《愛》、《緣》等戲劇便膾炙人口。而在《後山日先照》這部文學作品改編的戲劇中，李導演用鏡頭說話的功力更加爐火純青。在國民政府軍隊高壓統治台灣人民的流血衝突事件當下，一位備受地方民眾敬重的老中醫，為了保護家中藏匿的受傷美國兵而被射殺，一家老小哭成一團。剛生下一窩小狗的家犬苦樂也因護主吠叫，被一槍擊斃，留下一群失怙哀嚎，嗷嗷待哺的幼犬。那些鏡頭如此撼動人心，我就像幼年時著迷歌仔戲的小戲迷那樣，寫信請公共電視轉交給他，表達我內心對他的敬佩，並且希望他往後可以多拍一些文學作品。想不到李導演很快就回應我，還送我他製作的另一部戲《出外人生》ＤＶＤ給我欣賞。

不久之後，李導演到當時我們居住的「市外桃源農場」拜訪，才知原來他是高雄人，常來南部和一些老朋友相聚。李導演說他一直想為台灣農家的耕牛發聲，在科技不發達的舊時代，牛隻是最大的勞動力，對台灣這塊土地有極大的貢獻，在進步的現代社會卻逐漸被遺忘。他計畫籌拍一部戲，把農家與耕牛間的深厚情感刻劃出來，向我提了一個合作方案：用小說和戲劇來同步呈現這個故事，我當然不能錯失這個與李導演合作的機會，一口便答應下來。

正式簽下委託創作的合約後，李導演很爽快的預付了一筆豐厚的稿酬。為了深入了解日治時期的社會狀況，與經歷戰爭、國民政府統治下的台灣百姓生活情景，不會使用電腦查資料的我，買了數萬元關於早期台灣歷史研究的書籍閱讀，也因為這個合作案，終於讓我這個求學時長期被洗腦的五年級生，有了校正自己的歷史觀點，重新認識台灣這片土地的機會。

感謝李導演耐心的等待了十年，在十年的創作期間，他不時的提供許多想法與建議，而我也有屬於我自己的創作理念，他都給我最大的包容與尊重。光是故事大綱就有好幾個不同版本，用稿紙寫了超過十萬字的草稿，最後為了給自己完成這部小說的壓力，我申請了國藝會的長篇小說創作補助，逼迫自己限期完成作品。在那一年的創作期限裡，我連續數月閉門寫作，將十萬字草稿打掉重練，用一指神功在平板上一字一句打出《牛車走過的歲月》三部曲，以台灣歷史為背景，用一頭耕牛串連起地主、殷商、佃農、醫生四個家族的命運興衰。

我把傳統社會中台灣女性的堅毅精神，與在農家裡默默付出一生辛勞的耕牛作結合，呈現他們為家庭所作的犧牲奉獻。

李岳峰導演以《牛車來去》向勞苦功高的台灣牛致敬，我以《牛車走過的歲月》向台灣所有傳統女性致敬。她與牠在台灣這片土地留下的腳印，見證過台灣一路走來的種種苦難，從黑暗走到光明。雖然歷史沒有記載他們的偉大，但我們都該感恩他們的貢獻。

人物簡介

榕樹王庄　蔡家

蔡土水　陳家佃農，另兼做牽豬哥配種。一生最大心願是擁有屬於自己的土地。

蔡李圓　土水之妻，勤儉樸實的農家婦女。

蔡有忠　蔡家長子，因操勞過度而患有嚴重的肝病，由地主陳家安排住院治療。

阿春　有忠之妻，二人在剉甘蔗時相識、相愛，夫妻感情深厚。

蔡永隆　有忠與阿春之子，剛滿週歲。

水蛙發仔　阿春之弟，以抓水蛙為生。

蔡有義　蔡家次子，因家貧，在太平洋戰爭時選擇募兵入伍。

陳家

陳進丁　地主，德隆發商號老闆，自小讀私孰受漢學教育，為人寬厚仁慈。在蔡家有難時伸手相助。

陳李玉枝　進丁之妻，大戶人家出身，性格善良敦厚。患有心臟病，一心期望兒子、媳婦趕緊完成傳宗接代的重責大任。跟邱家的金枝因為名字相像而結拜為乾姊妹。

陳博文　陳家獨子，就讀台北帝國大學醫學部四年級。為友人空卿作保，後受牽連，於是在太平洋戰爭時前往南洋擔任戰地醫生，從而引發一連串家庭風波。

林千佳　博文之妻，慈愛病院院長千金，與博文青梅竹馬長大。中學時期因感染肺結核而中斷學業，婚後遲遲無法懷孕，逐漸成為她的心病。

陳世傳　博文跟阿春生下的借腹子，登記在千佳名下為親生子。與邱玉蘭指腹為婚。

金火　玉枝的表哥，長久在德隆發商號擔任管事，忠心耿耿。溺愛兒子春生。

春生　金火之子，進丁和玉枝的義子、博文的兒時玩伴。好賭成性，在外風評不佳。

阿興、阿菊、滿福嫂　陳家傭人。

阿月　世傳奶媽。

邱家

邱添財 跟進丁是朋友，開朗愛說笑，擁有數十甲田產的小地主。

邱王金枝 添財之妻，跟陳家的玉枝因為名字相像而拜為乾姊妹。

邱萬成 邱家長子，因罹患小兒麻痺跛腳，又被稱為跛腳成仔。生性自卑倨傲，總是動歪腦筋，迷戀酒家女月嬌。

邱萬順 邱家次子，個性敦厚，對阿妙有好感。徵兵時期至南洋參戰，行前與阿妙成婚。

阿妙 邱家養女，實為女婢一般的存在，與阿良互有好感，後嫁給萬順。

邱玉蘭 萬順與阿妙之女，與世傳有指腹為婚之約。

阿良 邱家長工，與阿妙互有好感。

林家

林伯元 慈愛病院副院長，受高等教育的地方士紳，被列為社會榜樣的「國語家庭」。雖與日本人來往密切，內心仍未忘本。

林蔡美慈 伯元之妻，出生富裕世家，溫柔賢淑。

林承志 林家長子，在日本帝大就讀醫學部，後決定在日本結婚執業。

鈴子 承志日本籍的妻子，二人為醫學部同學。

林承杰 林家么子，就讀虎尾高中。

林千惠 林家次女、千佳之妹，畢業後一直在慈愛病院幫忙。愛慕日本警察石原康郎，常跟石原借書。

其他人物

林順卿 外號「空卿」，與博文、千佳為小學同學，櫻花食堂的常客。曾任電影院看板畫師，後返回北港演出紙芝居兼賣蛔蟲藥。

林旺 番簽市商販，林順卿之父。

林桑 櫻花食堂老闆，嫉惡如仇。

沙枯拉 櫻花食堂老闆娘，出生於日本琉球。

乃木太郎 慈愛病院院長，伯元東京帝國大學醫學部的學長，應伯元之邀來台行醫。

伊藤幸子 乃木太郎之妻，為人平實謙和，做菜手藝佳。二人育有三個孩子，都在台灣出生成長。

黃泰山 保正，日本名為共田太郎，心腸壞，總是處處刁難人。

石原康郎 日本人，北港派出所巡查，意外害死空卿的祖母而遭空卿怨恨。與千惠互有情愫，卻未曾將情意說出口。

鰗鰡 萬家田佃之子，極力巴結萬成，以為家中換取較好的福利。

阿明 天香閣走桌小弟，介紹月嬌給萬成。

牛販仔宋 四處遊走買賣牛隻，兼做牽猴仔（仲介），涉及人口買賣等非法生意。

月嬌 天香閣酒家女。

一

一九四三年入冬時節，為了醫治有忠的肝病，才繳完田租的蔡家，又得向地主借貸，憨厚的土水和圓仔夫婦派媳婦阿春坐車前往北港，找地主陳進丁借錢，阿春揹著才滿週歲還在吃奶的兒子永隆，提著一籃當天現採的番麥，站在榕樹王庄村頭的客運站牌下等車。

「阿姊！妳欲去佗位？」水蛙發仔提著竹篾編織的魚簍走到阿春身邊，烏黑油亮的短髮零亂捲翹，被太陽曬成咖啡色的臉龐，有雙炯炯有神的眼眸。

「我欲去北港揣地主借錢，你呢？」阿春抬頭用慈愛的眼神看著弟弟，自然伸手為他整理那一頭亂髮。

「我嘛是想欲去北港賣水蛙，姊夫的病攏無較好喔？」水蛙發仔露出擔憂的神情。

阿春愁眉苦臉的搖搖頭，嘆口氣說：「著肝病哪有赫爾容易好。」

水蛙發仔帶著幾分稚氣的對姊姊說：「我昨暗掠袂少水蛙，今仔日若賣完，錢攏予妳幫姊夫醫病。」

阿春露出一絲微笑，宛如慈母般充滿關懷的對弟弟說：「毋免啦！阿爸佮阿母攏無佇列矣，你家己一個人要閣較骨力扑拚，錢要儉咧以後倘好娶某，知否？」

「我知啦！所以除了學阿爸牽豬哥以外，逐暝我攏去下棧仔佮網箇，放四腳鈞仔討掠趁錢。」

客運車駛近站牌停下，兩人買票坐上車，去到北港車站，水蛙發仔在附近找個角落放好魚簍，蹲下來等客人來買。阿春則挽著裝番麥的竹籃朝陳家住宅方向走，永隆在她的背上不時扭動著手腳，發出牙牙學語聲。

應門的女孩領她走進大廳，老太太和少奶奶一起從廳後的房門走出來，阿春恭謹的遞上那籃番麥說：

「這是阮阿母透早去園裡擛的番麥。」

老太太玉枝微微笑著應答：「現擛的特別甜，阿菊啊！提入去灶腳現渫。」

永隆因為綁在阿春背上久了，開始吵鬧起來，玉枝叫阿春把孩子放下來，吩咐媳婦千佳拿桌上的糕餅給孩子吃。

「妳今仔日來有啥物代誌？」玉枝語氣溫和的主動開口詢問，白皙福態的臉龐如同白玉觀音般慈祥。

阿春眼眶泛紅，期期艾艾的說著丈夫生病需要借錢醫治的事。正拿著糕餅餵永隆，邊逗弄孩子玩的千佳，敏感的開口問：

「恁攏看漢醫亦是西醫？」

阿春無奈的回答：「攏看漢醫，西醫的醫藥費尚貴，阮負擔袂起。」神情總是有股冷傲的千佳，不以為然的說：「肝病猶是要看西醫較有效。」

玉枝半說笑的對媳婦說：「恁老父是西醫，妳當然干單相信西醫，咱的祖先幾千年來，毋是攏靠漢藥在治病？」她轉向阿春問：「妳需要借偌濟錢？」

「一百塊就會使矣。」阿春羞赧的小聲回答。

「無問題，毋閣我想欲麻煩妳一件代誌，妳佮囝仔抱咧綴我入來。」

阿春疑惑的抱著永隆跟隨在她們婆媳身後走入一個房間，原來那是少爺和少奶奶的臥房，玉枝叫阿春把永隆放在床上讓他坐著玩耍一下，目的是希望能為結婚數年仍無喜訊的兒媳招來好孕。

玉枝回房拿一百圓交給阿春收好，又叫阿菊把早上黑市買的一塊豬肝用油紙包好，連同竹籃還給阿春。

「這塊豬肝是亞米仔貨（黑市物品），妳要藏乎好，毋倘予大人看著，提返去煮予恁翁食，食肝補肝，對伊的病有幫助。」

阿春充滿感恩的離開陳家大宅往車站的方向走，背上的永隆有些沉重的壓在肩頭，她照老太太的叮囑將油紙包著的豬肝夾在腋下，靠鼠灰色厚棉外套遮掩，心裡替少奶奶感到可惜的想著，那麼高貴的千金小姐，有令人羨慕的家庭出身，結果卻生不出孩子，像地主這麼慈善的人家，為何天不從人願呢？

她快要走到車站時，眼見一班車緩緩駛近，本能加快腳步想趕上，卻被一句嚴厲的日語叫住，她的腳步停頓一下，接著更慌亂的向前奔跑。

「妳莫走！擋咧！」

她聽見另一個男人警告的聲音，心臟快要從嘴裡跳出來一般，客運車的門在她面前打開，她不假思索的直奔而上，透過玻璃車窗，她看見弟弟水蛙發仔拿著一個魚簍，阻擋在一個日本巡查大人與一個台灣人巡查補前面，比手畫腳的像在推銷那些青蛙的模樣。

她躲進車尾角落，車上所有的老少乘客都很有默契的保持沉默，下車的下車，她惶恐的看著弟弟為了替她引開注意力，被日本巡查大人狠狠打了一個耳光，魚簍被摔在地上，青蛙四處跳躍，水蛙發仔手忙腳亂的急著要將那些逃竄的青蛙抓回魚簍裡，周圍的群眾也熱心的幫忙撲抓，原本一臉怒容的日本巡查大人見到這個情景，似乎感覺有些趣味，一時忘記要追查的人已不見蹤影。

客運車慢慢駛離北港車站，阿春過去找車掌小姐補票，低頭要從褲頭裡的暗袋掏錢時，才看見身上的鼠灰色外套，腋下被豬肝流漏出的血水染出一片暗漬，也許是因此才引來日本巡查大人想對她盤查吧？

蔡家的竹管仔茨位於村落的西北邊外圍，再過去就是一條濁水溪的支流，這條溪水也是村民賴以生存，農作灌溉的水源。蔡土水從父親那輩就是貧窮佃農，因為沒有自己的田地，加上生養一大群孩子，俗語說「濟囝分無一口鼎」，兄弟各自成家分到的家產也只有兩籮筐的家當和這間竹管仔茨。他們夫妻租了兩塊田耕作，每天辛勤勞苦也只夠圖個三餐溫飽，為了增加收入，土水還養了一頭專門配種的豬公，做起牽豬哥的副業，為此有忠和有義小時候常和村裡的童伴打架，因為自古以來牽豬哥就是一種不體面的行業，當有人故意戲稱他們是「牽豬哥趁暢」的豬哥水仔的後生時，兩兄弟就會衝向前去跟對方扭打。竹管仔茨一落五間是用大竹管當樑柱，牆壁以竹片編排，糊上石灰、黏土、稻殼攪拌糊成的土牆與隔間，中間是擺放公媽神主牌位的客廳兼吃飯的地方，左手是土水和圓仔的臥房和灶間，灶間後方連接一個小隔間是洗澡沐浴的地方，右手兩間是長子有忠和次子有義的房間，後方不遠處有間簡陋的糞坑茅廁，旁邊連著養豬公的豬椆。

阿春回到家時圓仔已經煮好午飯，她把豬肝交給婆婆料理，從擺在灶台上的水壺倒了一碗溫水喝，再解開揹巾放下永隆，坐在灶門前的矮凳上餵永隆喝奶。

「若毋是米無夠倘食，永隆已經會使得食糜斷奶矣。」圓仔嘆氣說，邊就著灶裡的餘火給兒子有忠煮豬肝湯。「咱的地主實在是大好人，這貴蔘蔘的豬肝也甘予妳提返來煮予病人食。」

「我無見著地主，干單老太太佮少奶奶佇列，我一講欲借一百塊做醫藥費，老太太就提一百塊予我。」阿春掏出暗袋裡的鈔票交給婆婆。

有義從外頭回來，走進灶間倒茶水喝，圓仔開口叨唸他：

「透早就無看著人，你是走去佗位風騷？」

有義仰頭灌下一大碗在灶台溫著的茶水，瘦削的臉上露出一股不滿：

「身軀無半仙錢，會當去佗位風騷？」他放回茶碗，頭一低，眼光自然落在阿春正在餵奶，裸露出的半邊白皙的乳房上，他愣了一下，自然反應的吞了一口口水，做賊似的想離開灶間，卻被老母叫住。

「等一下，佮這碗公豬肝湯捧出去廳裡。」圓仔用杓子將鍋裡的豬肝湯舀入碗公，交給有義。

「咱哪有錢倘買豬肝？」他接過碗公問。

「早起恁大嫂去北港揣地主借錢，老太太欲予恁大兄補肝的。」

「干單一塊仔豬肝是會當補啥貨？」有義的語氣有著深沉的無奈。

圓仔邊洗刷大灶上的鐵鍋，邊回應兒子的話：「有食有行氣，有燒香有保庇。」

阿春抱著已經睡著的永隆回房間，有忠正坐在床沿低頭喘著氣，聽見阿春的腳步聲才抬起頭。

「返來矣？」

阿春應了一聲，把兒子放在床鋪上，為他蓋上棉被。

「我扶你出去食飯？」她轉頭問丈夫。

「我家己行就好。」有忠用虛弱的聲音回答。

阿春看著他蠟黃帶著暗沉的膚色，連眼珠都已泛黃，心頭就像壓著鉛塊般鬱悶。

她和有忠都是榕樹王庄村落裡的人，只是分住村頭和村尾，兩人相差四歲。阿春的父親從小是孤兒，沒父母庇蔭只能做最低賤的牽豬哥和打零工養家糊口，因為家貧母病，聰明伶俐的阿春在十歲時就到台南有錢人家幫傭，過著被苛刻對待的辛苦日子，她總是認命工作且從不怨天尤人。在十八歲那年，成長得青春貌美的阿春開始引起主人家的少爺覬覦，不時趁機對她動手腳糾纏，她向主母哭訴，因此被解雇回家，開始跟著村裡一些年輕男女落廍去役場做工。

俗語說：「牽罟落廍，袂離得半步。」意即牽罟網魚和落廍剉甘蔗這兩件事，都是眾人一起拚力氣做事，沒人喊停，再辛苦也不得休息。落廍剉甘蔗都是四人一組，由工頭視能力分派，甘蔗種植四壠稱為一葩，通常都由一個男工在前面拿掘仔將甘蔗掘倒，隨後由兩個女工站在壠溝裡，彎腰把倒地的甘蔗株削除蔗頭根鬚及砍掉尾端蔗葉，順手將一根根處理好的甘蔗擺成一堆，讓最後面的那個人用草繩綁成一綑一綑，因為年輕氣盛，各組人馬常會互相較勁比輸贏。

阿春就是和女伴去鹽水港製糖會社受雇剉甘蔗，和有忠被編在同一組才熟識，不久他就託人上門提親，由於母親已病逝多年，家中只剩老父和弟弟讓她猶豫不肯答應，在父親堅持下她才嫁入蔡家，雙方聘金與嫁妝各自省略，婆婆圓仔彌補了她自小缺乏的母愛，婚後的日子雖然還是辛苦，內心卻感到踏實又幸福，只是沒想到幸福的日子會那麼短暫，在她生下永隆不到半年，有忠突然爆發肝病，眼睛和膚色都呈現蠟黃，因為沒錢看病只能吃草藥，卻越吃越嚴重，慢慢肚子鼓脹起來，再也無法出門工作。

有忠步伐緩慢的走出房門到大廳口，抬頭向外望去，正好看見土水騎自轉車從埕尾回來，後車架載著幾根樹枝木頭，他露出高興的神色。

「阿爸返來矣！」

早上阿春出門後，他流著淚告訴父母，他知道自己的病不可能會好，只是在拖時間而已，他希望父母在他死後，能把阿春當女兒對待，有好對象就讓她去改嫁，雖然無法陪兒子長大，他想趁自己還有力氣時，做兩件童玩留給孩子做紀念，所以拜託父親出去為他尋找適合的木材。

土水將自轉車停妥在屋簷下，解開後車架綁著樹枝和木頭的麻繩，把一段長成丫字形的樹枝，和一段拳頭粗的木材交給有忠。

「你欲要的物件我佮你揣著矣。」

「這是啥物柴？」有忠看著手裡的樹枝和木頭問。

「你欲做鳥霹仔用菝仔梶就好，做干樂我替你取樟仔柴。」土水看著兒子有忠因為水腫而渾圓的臉龐，眼裡有掩藏不住的哀傷。

「做干樂是焉怎欲用樟仔柴？」有忠感覺趣味的問父親。

「以早捌聽老輩在講做干樂用的柴好歹分幾落等，一樟二瓊（烏桕），三埔姜，四苦楝，挪菝仔柴無路用，也有人講樟敖嚎，瓊敖走，挪菝仔柴車畚斗。」土水臉上露出難得的慈祥表情。

「挪菝仔柴會車畚斗，咱永隆以後欲出去佮人釘干樂，當然嘛要用上好的樟仔柴來做干樂。」有忠也露出慈祥的笑容。

「永隆欲會佮囝仔伴釘干樂，猶幾落年後的代誌，以後我才做予伊就好矣。」有義隨口接了一句未經深思的話。

有忠神情黯然的又轉身走入房間，圓仔帶著責備的眼神瞪有義一眼，有義愧疚的低下頭，嘴裡嘟囔著：

「腹肚枵矣，是欲食飯亦未？」

「你早起講欲出去揣人，是去揣啥人？」土水在飯桌邊的椅條坐下來，開口問有義。

圓仔為他們各添一碗番薯簽飯，滿滿一大碗，米粒比家中那面土牆藏在縫隙間的稻穀還少。

有義端著飯碗，舉箸夾起一塊用豬油粕炒的菜脯，低垂眼目回答：「其實我是去報名欲應徵軍夫。」

圓仔吃驚的反問有義：「你是活久嫌倦呢？做軍夫是要去戰地的，槍子無生目睭，你敢閃會離？」

土水皺起眉頭，重重放下飯碗，生氣的對著有義罵起來：

「你目睭內敢猶有勢大人？這款代誌你連和阮參詳一下都無，家己大主大意，當作阮攏死矣呢？」

有義帶著些許委屈的說：「我聽講軍夫的月給佮巡查同款，每個月有三十塊倘領，這是改善咱兜家境唯一的辦法。」

阿春原本出來要端豬肝湯進房間給丈夫吃，也著實吃了一驚。

「阿叔仔！這款代誌毋是在講損笑，做軍夫一條命像吊佇半空中同款，趁錢有數，生命要顧，猶是毋倘啦！」

「像咱這款散赤鬼，連命嘛無值錢，無田無園，一世人攏在替地主做憨牛，無做死也要枵死。」有義抱怨的回答。

「做牛要拖，做人要磨，是你家己無福氣出世佇好額人家，怨嘆有啥路用？」土水教訓兒子說。

有義不服氣的說：「我毋是在怨嘆，是想欲改變運命，做軍夫至少比做穡趁較有食，阿兄的病就毋免焉爾拖，會當去病院予醫生看。」

有忠在房裡聽到他們的對話，走出來客廳生氣的對弟弟說：

「我甘願死死咧，都無要予你為著我去戰場做軍夫。」

有義著急的向大哥解釋：「阿兄！我欲去做軍夫毋單是為著佮你醫病，也是為著我家己的將來設想，咱兜一定要有家己的土地才有可能出頭天。」

有忠神情激動的與弟弟對望著，兩人像準備互鬥的公雞一樣。小時候，有忠總是將相差五歲的弟弟揹在背後，讓母親可以放心去做事，等弟弟餓哭了再揹去給母親餵奶，因為當中夭折了三個弟妹，有忠對這個弟弟特別疼愛。等弟弟會走會跑了，兄弟倆總是形影不離，在野外到處找尋可以吃的東西，雨天出去抾露螺，晴天在田溝邊摸蝌仔和田螺，若能捉到幾條泥鰍或土虱，兄弟倆就高興半天。有一年家裡的黑蔴仔欉停滿綠色金龜子，他們整整抓了半布袋，阿母先將金龜子的硬翅摘掉，丟入大湶盆裡泡水，讓牠們掙扎著排出綠色的糞便，洗淨後放入大灶上的鐵鼎乾炒鹽酥，味道雖然不如肚扒仔肥美，對成長中的孩子來說，有得吃總比沒得吃要好。

「扑虎掠賊也要親兄弟」土水總是這樣教育他們兄弟，因為家貧無錢多置冬衣，兩人穿來穿去永遠只有那幾件，有時冬天也要穿夏天的短衣短褲，好不容易買條長褲，兄弟還得輪流穿，有義因為個子小，長褲得捲半條起來，卻還是很神氣穿出去炫耀，有村童笑他們：「恁兄弟同穿一領褲，以後要娶同一個某。」有義不懂光傻笑，有忠生氣的衝過去和那個村童扭打，有義見狀，立刻拾起一塊石頭，把那個人的頭砸得頭破血流。有忠對弟弟的疼愛是村裡出名的，他從小只要有做童工賺錢的機會都很勤勞努力，就算去役場剝蔗葉，一雙手被銳利如刀的葉緣割出重疊交錯的血痕，他也從不叫苦，領到工資後就會花一文錢買糖柑仔，跟弟弟一起享受那種甜蜜的滋味。照顧弟弟一直是他這個大哥的責任，如今反過來變成是他拖累弟弟，讓他感到非常難堪。

「我絕對毋用你去做軍夫趁的錢醫病。」有忠咬著牙根，一字一句的說完這句話，轉身又走回房間。

「阿叔仔！我已經有去佮地主借醫藥費矣，你猶是毋倘去做軍夫啦！」阿春端著要給丈夫吃的豬肝湯，勸了有義一句。

阿春踏入房門，看見有忠坐在床沿，看著熟睡的永隆流淚，她將豬肝湯放在床邊的斗櫃上，雙手環抱著丈夫瘦弱的肩膀，下巴抵著他的頭頂，溫柔的勸說：

「莫想赫濟啦！你猶這少年，只要好好調養，身體一定會好起來的。」

聽完阿春的話，有忠反而悲傷的嚎哭起來：「我就是想袂曉，我這少年是焉怎會致著這款病？後生猶這細漢，以後恁母仔囝是欲焉怎？」

阿春的眼淚也成串滴落在有忠的頭髮上。她也不明白老天為何這樣殘忍，從她懷孕開始，知道責任更重了，有忠也更加倍努力工作，連感染風寒也捨不得多休息一天，永隆四個月收涎那天，他也是在田裡做到中午才趕回家，從兒子頸項掛著的一串收涎餅剝開一個，在孩子的兩個嘴邊刮刮，照習俗說好話：

「收瀾收離離，予阮囝食百二，收瀾收凋凋，後胎予恁老母閣生卵葩。」阿春抱著永隆開心的笑著，下一刻他就四肢乏力的痿靠著廳門，慢慢滑坐在地上，一臉蒼白的說：「我毋知焉怎？人足無爽快。」

阿春趕緊把永隆放坐在竹製的椅馬上，將丈夫扶起到旁邊的籐椅坐著，關心的問他：

「我先倒一碗茶水予你啉好否？」

旁邊正在吃午飯的土水和圓仔也放下碗筷過來關切。

「你人感覺焉怎？」土水憂心詢問。

有忠聲音虛弱的回答：「腹肚脹疼，想欲吐。」

「可能是去熱著，先來刮痧一下。」圓仔從門板後取下一支長秤桿。

阿春先讓有忠喝口水，然後扶他跨坐在木製的門檻上，面朝門柱，脫掉他的上衣，由圓仔坐在他背後，持秤桿在他赤裸的背脊上，一下一下用力從上往下刮，還邊刮邊數次數：

「痧要刮出來才袂積在體內造病，閣要幾歲刮幾下才有效。」

有忠咬緊牙根悶哼著，背脊上浮現點點血紅痧粒，圓仔還是絲毫不鬆手，直到數完二十六下為止。

「人有感覺較爽快否？」圓仔停手問兒子，起身將秤桿掛回門板後面。

有忠舒了一口氣，點點頭，阿春扶他站起來，讓他穿回衣服，再給他喝些茶水。

「已經過晝矣，緊來食飯。」土水提醒他。

有忠卻搖頭說：「我這陣無想欲食，先休睏一下再講。」

此後，有忠就常感到疲乏勞累，圓仔就帶他去找村裡的草藥郎中鬍鬚伯診治，身體狀況卻時好時壞，偶而他感覺腹部悶脹似消化不良，也會吃幾包藥商寄放的成藥，如此拖了半年，直到皮膚和眼睛都蠟黃起來，肚子也渾圓如鼓才不得不去醫院，診斷出已經嚴重肝硬化。

「我猶有足濟代誌想欲做，毋閣我知也家己的時間已經無濟矣，阿春，這世人無法度予妳過好日子，欠妳的，後世人我會還妳。」有忠抱著阿春的身體痛哭。

客廳裡的土水、圓仔和有義也都哭紅眼。

二

陳家一到年節總是特別忙碌，家中經營的「德隆發」商號旗下有布行、油行、南北貨行，因為戰爭實施物資配給，貨色與數量都沒有以往齊全，生意也沒有以往熱絡，但是進丁和玉枝都是作風老派重禮數的人，要準備一些私藏的高檔禮品乾貨還是有。

「燕窩、干貝、冬菇、肉乾、煙腸，這份是欲送添財的，魚翅、高麗蔘、茶米、干貝、冬菇，這份是欲送親家的，香菇、茶米、肉酥、煙腸……」玉枝站在客廳堆滿禮品的桌邊，專注的比對禮盒籃裡的乾貨內容。

她因為有心臟病，冬天特別怕冷，總是棉襖衣褲穿得一身圓滾滾，還戴著一頂親家母美慈送的日本製象牙白呢絨帽，短短的帽緣下，露出白皙圓潤，充滿富貴氣息的臉龐。

博文就像小時候那樣頑皮，躡手躡腳的從後面一把抱住她問：

「卡將！妳在無閒啥？」

玉枝被兒子嚇一跳，手捂著胸口喘了幾口氣，才笑罵他說：

「你以後是欲做醫生的人，毋知也我心臟無好，袂堪得予你焉爾創治呢？」

博文放開母親站到她面前，斯文英俊的臉上露出歉然的表情。

「失禮啦！我一時袂記得，想欲佮妳滾損笑，才會偷偷仔佮妳攬。」

玉枝仰望高出她一個頭的兒子，愛憐的伸手撫摸他的臉頰。

「無要緊，你昨暝暗暗才到茨，哪毋加睏一時仔？」

博文故意說笑：「就欲過年矣，當然歡喜佮睏袂去。」

玉枝輕擰著兒子的臉頰，笑啐道：「無想講你已經娶某矣，猶閣若細漢囝仔同款，若欲像恁多桑在你的年歲，已經做老父矣。」她的話尾藏著一絲遺憾。

「卡桑，妳準備的禮物我來去送好否？」博文輕巧的轉移話題。

「當然由你去送上好，順續去佮些個序大拜年，撮千佳做伙去，叫阿興準備三輪車。」玉枝吩咐。

博文去把千佳帶出來，體形纖瘦的她，即使穿了三層衣服加上一件長大衣，看起來還是很苗條。少女時期曾得過肺結核的她，氣管也比較不好，一到冬天特別怕冷，也容易咳嗽，所以總是戴著自己親手針織的毛線帽和圍巾，她很喜歡學習日本的針織技藝，買了許多書和毛線自學。

「帽仔戴咧，圍巾圍咧。」千佳為博文戴上款式和顏色都和自己相同的帽子和圍巾，是男女都合適的米白色。

「我毋要戴帽仔，干偌查某囝仔咧！」博文伸手想把帽子摘下來，因為帽尖連著一顆毛線球。

「袂使提落來，這是我辛苦幾落工才織好的。」千佳捉住他的手，忍俊不禁的笑了起來。

「真好看啊！氣候冷猶是戴咧好啦！」玉枝笑看著兒子與媳婦吵鬧。

博文掙脫千佳的手，一把摘下頭上的毛線帽放在桌上，抗議的說：

「我若戴這頂出去，毋就予人笑死。」然後提起桌上裝禮物的籃子，趕緊逃出大廳門外，阿興的三輪車正好停妥下來。

博文和千佳兩人坐上車，阿興把禮品小心的藏放在座位後的置物空間，再蓋好帆布才出發。

千佳挽著博文的手臂緊偎在他身邊，像在取暖一樣，博文笑看著她，語帶關愛的詢問：

「會寒否？」

千佳靠在博文肩頭的臉龐輕搖了兩下，滿臉都是幸福甜蜜的神情。

「袂寒是焉怎靠這爾偎？」博文取笑她。

「你是我的翁，本來就是要予我偎靠啊！」她故意更加靠緊他。

「三輪車佇大路行，妳毋驚人笑妳大面神？」博文伸手捏捏千佳小巧的鼻樑。

「人翁某恩愛，有啥倘好笑？」千佳噘起嘴反駁，嘴上雖然不服氣，還是調整姿勢兩人保持些距離。

「少爺！咱欲按佗一位先去？」阿興回頭問。

「阮兜。」千佳搶先說。

三輪車正行經媽祖宮門口，博文一眼望見廟口角落圍聚著一群人，中間有個熟識的身影正在演紙戲。

他叫阿興停車，動作利落的從車上一躍而下，讓千佳來不及反應的匆匆交代：

「三位攏予妳去就好，妳閣會當返去後頭食中晝，阿興你返去佮老夫人講，我欲佮朋友相揣坐，毋免等我返去食飯。」說完便一溜煙跑開，對千佳的呼喚充耳不聞。

博文站在人群外圍看熱鬧，演出的人是他數年未見的小學同窗林順卿，他都叫他「空卿」，因為林順卿是學校裡的「囝仔頭王」，書讀得成績普通，卻極有繪畫天分，他們常被老師指派兩人一起畫壁報，其實大部分都是空卿完成，他可說是藝高人膽大，領頭偷摘學校的水果都是由他猴手猴腳的爬上高大的樹枝，摘下水果讓樹下的人承接，被老師發現時大家一哄而散，只有他被逮也很夠義氣的絕不供出同夥。博文因為品學兼優有時會招來壞分子找碴，總是由空卿挺他，兩人初中雖然沒有讀同一所學校，放假時還是常聚在一起看書、看電影，直到空卿初中畢業去台中當電影畫板學徒，兩人才少有相聚的機會。

空卿利用富士霸王腳踏車後座，放置一個四方形中空的木頭箱演出「紙芝居」，這是一種紙戲，木箱前方遮蓋著一片暗紅色的絨布，後方放置一疊有故事關聯的圖畫紙，開始演出絨布才掀起來，像看一個小劇場表演般，由演出者述說每張圖畫裡所敘述的故事，一張接一張隨著情節推衍慢慢抽換。

一群有男有女的老人家帶著孫子圍在腳踏車周圍看紙芝居演出，空卿正專注說故事，並未留意博文的出現。

「清朝同治元年的正月十五元宵節，朝天宮的廟前鬧熱滾滾，真濟人來看花燈，媽祖的神轎出巡返來到廟埕，埕上擺設香案佮鮮花四果恭迎。」空卿坐在一張木凳上，面對觀眾看圖說故事。

觀眾在木箱框中看到的是一張色彩鮮明的水彩畫，畫中的朝天宮重簷蹺脊，以各色琉璃片剪黏妝飾的人物、花卉、鱗介、龍、虎，在畫中絲毫不含糊，就連來看花燈的男女老少，個個表情動作都很鮮活。

空卿伸手抽換圖畫，換上一張畫有媽祖神轎顯靈的水彩畫，跟著也轉換話風：

「突然間，一股無形的力量降臨，扛轎的人拄才放下神轎，一支轎擔竟然脫手飛向案桌，直直徛佇案桌頂，開始搖搖擺擺降筆寫字，文生趕緊提筆記錄媽祖的指示：今夜子時，以黑布製旗兩面，各長七尺二寸、闊三尺六寸，上書金精、水精大將軍，立吾廟埕。」

空卿故意停頓下來，環視所有觀眾，這才發現博文站在角落的人群中，兩人交換一個莞爾的眼神，才緩緩繼續往下說：

「眾人雖不知媽祖娘娘的用意，也毋敢待慢，即刻去製造這兩面黑令旗來豎佇廟埕。時間來到四月，彰化縣有一个人叫做戴潮春，伊率領八卦會的會眾正式起義，領兵對抗清朝官府，首先攻佔彰化縣城，入城之時，伊頭戴黃巾，身穿馬褂，在眾人擁護之下，氣勢干偌皇帝同款。」他用水彩畫出戴潮春入城的情景。

「戴潮春入城了後，先出告示安貼民心，設賓賢館禮待地方人士，開倉放糧救濟散赤的百姓，足緊就收買著袂少人心響應伊，才到五月中旬就自封東王，準備圍攻嘉義，北港所有居民惶惶不安，毋知欲如何是好？」

博文發現空卿非常善於演說，利用聲音的抑揚頓挫，輕易就製造出緊張的氣氛。他戴著一頂畫家帽，留兩撇小鬍鬚，穿著格子襯衫配西裝褲加紅色吊帶，顯出幾分藝術家的帥氣灑脫，臉部表情生動誇張，依然流露出讀書時的狂野。

「大家相招來到媽祖宮博筊請示，看是欲避猶是欲戰？媽祖連允三筊表示要戰，即刻召集一寡壯丁來操練，武功佇猶未練好勢，賊兵已經到位，只好迎出媽祖的令旗扑頭陣，想未到賊兵看著令旗竟然不戰而退，經過數日後，賊兵閣偷偷位外面攻入新街，並且放火燒茨，北港居民團結一致抵擋賊兵的攻擊，擒賊兩名逼問口供，才知也原來佪彼日不戰而退，是因為遠遠看著媽祖的黑令旗下人馬非常濟，又閣威風凜凜，所以不敢開戰。大家知矣是媽祖顯聖保庇，趕緊相招去朝天宮叩謝神恩，以後每次出戰攏夯黑令旗領隊，戰無不勝，後來民間流傳一句譴詼俗語講北港媽祖出巡——叫做無奇（旗）不有。」

博文聽了笑出聲來，說笑回了他一句：「你真正是北港廟壁——話（畫）仙一流。」

空卿咧嘴一笑站起身，將木箱前面的暗紅色絨布放下來，打開地上木製的置物箱，拿出一罐麥芽糖，用木棒挖取一小團分給現場的孩子們，邊解釋說：

「歹勢，本來要請恁食牛奶糖，毋閣今嘛在戰爭，物資缺欠，所以干單會當請恁食麥芽糖耳耳，後壁猶有更加精彩的節目，大家先食一屑仔麥芽糖，予我工商服務一下。」

分完麥芽糖，空卿收起糖罐和竹籤，改拿出幾包蛔蟲藥，藥包上清楚印著一個肚子大大的小孩蹲著大便，那坨大便上有幾隻蛔蟲混在其中。

他把蛔蟲藥拿到在場的阿公阿嬤面前，開始介紹起這款蛔蟲藥：

「各位疼孫的阿公阿嬤，恁兜若有腹肚大大，食未起身的孫仔，介紹恁這款蛕蟲藥，日本帝國大學醫學博士研究，隨食隨見效，一日一包，連食三日，腹肚內的蛕蟲放佮無半隻，囝仔清彩食清彩大，絕對未閣加食了米，一包兩角，三包五角，買九包閣送一包，買愈濟愈俗，數量有限，欲買緊買，慢買你就買無。」

現場阿公阿嬤聞言，紛紛掏錢搶購，這裡十包，那裡十包，空卿帶出來的蛔蟲藥很快賣光。

他從表演的木箱抽出那疊畫紙，換上另一疊內容，因為暗紅色的絨布尚未掀開，大家都不知道他接下來要表演什麼。

空卿慢條斯理的坐下來，有些吊人胃口的清清喉嚨，才用比較嚴肅的口吻開口說：

「各位鄉親父老，台灣佇四十外年前因為清朝佮日本政府簽訂《馬關條約》，從此咱台灣人就變成日本的次等國民，自從太平洋戰爭開始擴大，日本政府為著欲利用咱，積極推行皇民化運動，表面上講是欲佮咱當作皇民看待，實際是欲消滅咱的文化，佮咱台灣人看做是豬狗禽生在統治。」

他緩緩掀開暗紅色絨布，映入觀眾眼簾的是一張普通家庭大廳擺設的畫作，中間是掛著天照大神的案桌，兩旁站著幾個人，右邊明顯是一家人，全都一副惶恐的模樣，看得出來最年長的是一位老嫗，左邊有一位日本巡查大人正滿面怒容指著桌上的神主牌位，另一位是保正模樣的人物，張嘴指著老嫗像在開罵。

空卿以沉痛的語氣指著木箱說：「為著欲配合皇民化運動，咱佇家己的茨內袂使拜咱的神、咱的祖先，要拜個的日本神，這張圖內面的這位老查某人是我的阿嬤，舊年過年的時陣，因為欲拜公嬤，佮神主牌仔請出來大廳，囥佇案桌頂，去予臨時來檢查的日本四腳仔看著，出手就佮阮阿嬤巴一下去撞著桌角，七十外歲的老大人就焉爾過身去。」

空卿因為眼眶泛淚有些哽咽，停頓了一下才又繼續說：

「這隻日本四腳仔當時目睭連眖一下嘛無，頭越咧做伊走，彼隻比畜牲較不如的三腳仔保正，綴佇後壁沿路罵出去，明明是個乞食趕廟公，毋對的煞變做是咱，這口氣誰人吞會落去？」現場觀眾因為都是上了年紀的人，彷彿感同身受一般，神情都跟著凝重起來。

「有影足超過的。」

「三腳仔保正攏嘛專門幫助日本四腳仔欺負咱。」

人群中交頭接耳傳出話語。

他抽換到第二張畫紙，畫面出現一列要去從軍的年輕人，身披紅彩帶，眾人正在歡送他們上戰場。

「上介憨的就是這些少年人，講啥物欲報效國家？咱敢有國家？日本政府根本無佮咱當做是人，咱只是像個的豬狗牛同款，利用的有，疼惜的無。」空卿說得義憤填膺。

博文被空卿的一番話說得心情沉重起來，他從小接受日本教育，向來不認為日本政府統治台灣有什麼不好？從各項建設到醫療衛生，包括治安與社會秩序，都讓台灣人的生活條件改善很多，既然台灣已經成為日本的殖民地，日本政府當然要對台灣進行改造，讓所有台灣人都認同日本是自己的國家。

「大人，這個人就是專門在反對政府的人。」現場突然冒出一個操著台灣口音說日本話的男人。

那是大家都認識的保正黃泰山，日本名字叫共田太郎，五十歲左右年紀，戴著一頂紳士帽身穿長袍，一副道貌岸然的模樣，在他身後的是北港派出所的巡查大人石原康郎和一個台籍巡查補。

年輕英俊的石原康郎板著臉，神情冷酷的慢慢走到空卿的腳踏車旁，看著演紙戲的箱子問：

「你在演什麼故事？」

博文留意到空卿看見石原康郎時，眼神流露出的怨恨，但他很快藏起心中的情緒，猶如臨時掛上一個面具般堆起笑臉，鞠躬哈腰的用日語回答：

「巡查大人，我是在幫忙政府宣傳，鼓勵台灣青年從軍報效國家。」

黃泰山氣急敗壞的指著空卿用台語罵：「你這支唬爛嘴——」他即時察覺，又改口用日語對石原康郎說：「大人，你不要被他騙了，他在演出的時候不是這樣說。」

「若無我是焉怎講？」空卿冷冷的看著黃泰山反問。

「他的內容是在批評那些加入軍隊，為日本政府效忠的台灣青年都是笨蛋。」黃泰山神情急切的向石原康郎解釋。

「真的？」石原懷疑的問了一句，眼神銳利的掃視現場所有的群眾。

「當然不是真的，是保正故意要誣告我。」空卿裝出一副委屈的模樣。

「他為什麼要誣告你？」石原康郎微揚起下巴，帶著幾分高傲的反問。

「因為他曾被我捉弄過，所以懷恨在心。」

「你怎麼捉弄他？」

「在他蹲便所的時候，我在糞坑裡丟了一個鞭炮。」空卿在石原康郎面前，就像一個頑皮的鄉下孩子似的。

在石原康郎冷酷的臉上，忍不住露出一絲笑意，像稍縱即逝的流星。

「大人，你不要相信他，這個人真的專門在搧動民眾反對政府，不信，你可以問現場的觀眾。」黃泰山又急又氣的說著。

「保正說的話是真的嗎？」石原對著現場觀眾問。

現場一陣靜默，黃泰山趕緊說：「無人敢講不是，一定是真的啦！」

「無證無據，你憑什麼誣告我？」空卿也大聲爭執。

「誰可以替你作證？」石原問他。

空卿看著現場群眾，眼光自然與博文相交，他故意避開，不想拖累好友，博文卻主動出面說：

「我可以替他作證。」

黃泰山認識博文，帶著不滿，用台語抗議：「陳少爺，你是讀冊人，是焉怎欲替伊作偽證？」

博文也用台語回答：「平平攏是台灣人，何必焉爾互相為難？」

石原康郎把臉轉向一旁的巡查補，聽他翻譯兩人的對話後，嚴肅的對博文說：

「你敢跟我回派出所寫保證書嗎？」

博文點頭，待空卿收拾好物品，兩人一起被帶回派出所，由台籍巡查補書寫一張保證書，內容大意為空卿保證自己不會做出搧動群眾反對政府的事，如有違反願意接受懲罰，保證人是博文，將負連帶責任。

兩人從派出所離開已經近午，博文提議去櫻花食堂吃飯，空卿立刻回說：

「遐我開袂起。」

「我請。」

「人呆才會替人做保，閣請人食飯，世間揣無像你這爾憨的人。」空卿取笑他，兩人邊往櫻花食堂的方向走。

「我憨你空，兩人半斤八兩啦！」博文也說笑回他，接著正色問：「你演出的時陣所講的代誌，害死恁阿嬤的人，就是佃兩個人對否？」

「對，發生的當時我無在現場，若無我一定會佮佃拚命。」空卿咬牙切齒的說，眼中流露出仇恨的光芒。

博文嘆了口氣，有些無奈的勸說：「你拚命敢有路用？干單會閣賠上家己的一條命耳耳。」

空卿氣憤的回說：「敢講咱台灣人就一定要予日本政府當做豬狗牛同款看待？連反抗的勇氣都無？」

博文平心靜氣的說：「欲反抗至少要實力相當，若無就是無意義的犧牲。」

空卿被博文的話說得無言以對，停頓片刻才沉痛的開口：

「所以我才會選擇用這款方式來報復，台灣人受統治已經慣習，需要知倘覺醒，像你就是啦！以為家己是日本人，毋知也在人的目睭內，只不過是下等人而已。」

兩人開始爭論起國家認同的問題，一路辯論到櫻花食堂的門口，空卿停妥腳踏車，和博文並肩走進去，老闆娘沙枯拉立刻迎上前來用日語迎接客人。

「歡迎光臨！」年紀比博文他們略大幾歲的沙枯拉充滿成熟女人的風韻，聲調柔美，穿著和服的身材穠纖合度，臉上堆滿真誠的笑容，她一面為他們帶位，一面用日語主動告訴博文：「陳先生，您有朋友也在裡面吃飯。」

「是誰？」博文好奇問，一眼即見萬成和一位小姐坐在角落，兩人正卿卿我我的互相餵食。

空卿也同時發現萬成，走過去一把重重拍在他肩膀上，大聲吆喝：

「响——撮小姐出來約會喔！」

萬成雖然有些意外，卻得意的回答：「焉怎？袂使得喔？」

空卿瞄了萬成身邊的女人一眼，雖無濃妝卻看得出精心打扮，且噴灑濃濃的香水，他便用輕佻的語氣回答：

「當然嘛會使得，你是成仔舍，欲撮偌媠的小姐攏嘛無問題。」

那位小姐看起來才二十出頭歲，眼神卻已流露出一股世故老練，她若無其事的看了他們一眼，又垂首保持沉默。

沙枯拉開口詢問：「需要為你們安排比較大的桌子嗎？」

博文趕緊回答：「不用，我們就不打擾他們吧！」

沙枯拉帶他們坐在靠窗邊的位置，幫他們點好菜，同樣穿著和服的女服務生立刻送上熱茶。

「跛腳成仔撮彼个小姐，是在酒家上班的。」空卿笑著低聲對博文說。

博文用責難的語氣糾正：「成仔就成仔，啥物跛腳成仔？你袂記得伊上忌剋人叫伊這個外號。」

空卿咧嘴一笑：「雄雄去予袂記得。」

以前他們三人小學同班過，博文是模範生，空卿是囝仔頭王，萬成因為感染小兒痲痺症，他父親花了很多錢努力醫治，還是留下跛腳的後遺症，在學校常因為「跛腳成仔」這個綽號和同學打架。

「你哪會知也彼个是酒店小姐？」博文喝著茶隨口問。

「我在台中畫看板做司仔的時陣看濟矣，出入電影戲院的是小姐亦是姑娘仔，看穿衩佮打扮就有法度分別。」空卿一副老練口吻。

「對查某囡仔的代誌這爾瞭解，是有交往的對象猶無？」博文關心詢問。

「誰像你這早湫，是做老父猶未？」空卿說笑反問他。

「猶未。」博文帶著些許無奈的回應。

他的妻子千佳小學也和他們同校，也是隔壁班的模範生，大家都知道他們兩人自小有婚約，常會故意把他們當成一對來說笑。他和千佳確實是青梅竹馬長大，兩人之間的情愫也是自然產生，千佳在初中三年級被傳染肺結核病，從此休學療養很長一段時間未繼續求學。他的岳父母曾主動提起要解除婚約，但他父親是個信守承諾的人，加上他與千佳彼此情投意合，後來就如期在他們二十歲那年成婚。

「你真正有夠憨慢。」空卿取笑他。

兩人開始聊起一些過去共同的回憶，萬成一步一跛的走到他們桌邊，博文招呼他坐下來。梳著海結仔油頭，穿合身西裝襯衫的萬成，看起來就是一副富家公子哥的模樣。

「成仔舍，你今嘛看起來扮頭無相同喔！若大頭家咧，借問你在做啥大事業？嘛佮小弟牽成一下。」空卿裝出一副油嘴滑舌的小弟模樣。

萬成淡然反問他：「你毋是去佇台中學司仔畫看板？返來北港欲創啥？」

空卿嘻皮笑臉回說：「就是外口歹賺食，毋才會返來故鄉賣蛔蟲藥仔。」

萬成不屑的輕哼一聲：「賣蛔蟲藥仔是會當趁偌濟？」

「我就較歹運，無一個好額人阿爸。」空卿語帶嘲諷的回答。

「你若想欲趁錢，來做我的細漢的好矣。」萬成神態高傲的對空卿說。

空卿還是那副嘻皮笑臉的模樣回說：「我人尚大欉，無法度做細漢的啦！」

萬成聳聳肩，起身又回他們的座位去，彷彿只是來擺一下大老闆的架子，不一會兒就帶著那個妖嬈的小姐結帳離開。

「這個跛腳成仔是在做啥大頭路？嚣俳佮焉爾？」空卿不滿的對著萬成離去的身影說。

「我攏在台北讀冊，嘛毋知伊最近在創啥貨？」

「總講就是一人一款命啦！伊跛腳重蹄就有免趁有倘食的命，我好腳好手，嘛無啥好怨嘆。」空卿自我解嘲。

「你嘛莫焉爾一直講伊跛腳，嘴這爾歹，以後生囝無尻倉。」博文好氣又好笑的提醒他。

空卿咧嘴一笑，開玩笑回答：「我以後莫生囝就好矣。」

兩人邊吃飯菜邊敘舊，因為食物需要配給，餐廳裡的菜色已經簡單很多，沙枯拉的丈夫是台灣本地人，去琉球學手藝認識沙枯拉，結婚後回北港創業，除了正統日式料理外，也做一些酒家菜供應外賣。

沙枯拉幫忙送一道菜來，順便詢問他們料理合不合口味，空卿隨口問她：

「這裡有缺送菜員嗎？」

「現在生意不好做。」沙枯拉笑著回答。

「兼差的也沒關係。」

「真的嗎？」沙枯拉感覺有些意外。

空卿認真的回答：「當然是真的。」

「我問一下老闆。」

沙枯拉走開後，博文問：「你若是需要工缺，我會使得替你問阮多桑。」

「我猶是較愛演紙戲賣蛔蟲藥仔，兼送菜是想欲加減趁較抉散。」空卿神態輕鬆的說著。

博文知道他家在北港番簽市是大販仔腳，家境其實不愁吃穿，回家幫忙做生意也是可以。沙枯拉來回覆空卿說老闆願意雇請他兼差外送，從此空卿與沙枯拉夫妻這輩子結下不解之緣。

三

年後春暖花開，進丁偕管家金火坐客運車來到榕樹王庄。金火小他五歲，是妻子玉枝的表哥，十幾年前老婆病故帶著獨子春生來投靠，因為是自己人，金火做事也認真仔細，就成為德隆發商號管事，進丁的左右手。春生與博文同年，從小嘴巴就很甜，每次玉枝過年回娘家，他都很喜歡跟博文玩在一起，也跟著博文叫他們多桑、卡桑，大家都笑他目色好，懂得認契父契母，進丁和玉枝也就順其自然的收春生做契子，但沒有戶籍上的登記。

這個時節並不是收租的日期，進丁也沒通知土水，他純粹只是有些掛心想來看看他們，聽說土水的媳婦年前來借醫藥費，不知道有忠的身體有無好轉？這個年輕人勤勞憨厚，值得人疼惜。

兩人走在榕樹王庄主要的通路上，金火閒聊的問說：

「尼桑，你是焉怎對土水個這家特別關心？」

進丁的腦海裡，浮現出五年前第一次與土水夫妻見面的情景。那是一個炎熱的夏天，進丁的好友添財的長子萬成在外面包養酒家女惹禍，被設計向錢莊借錢遭追討，為了周轉現金，所以轉賣土地給他，才會特地來榕樹王庄視察土地。他們向村民打聽土水住家的方向，走到路口一棵黃槿樹下，進丁已經熱得滿身大汗，索性脫掉絲綢上衣，只著白色汗衫坐在樹下的大石頭上，吩咐金火說：

「你去頭前彼戶人家探聽看是毋是蔡土水個兜，順續討一碗水出來予我啉，足嘴凋的。」

金火依言前去，進丁摘下紳士帽搧風納涼，看見一個戴斗笠的清瘦中年男人，手持一根細竹枝，趕著一頭喘怦怦的大豬公慢慢走過來，嘴裡輕鬆唱唸著一套自創的歌調：

手牽豬哥四界行，庄頭庄尾揣親成，
豬母欲生揣我豬哥水仔，保證一胎十二隻水水。

豬哥也許是太熱，走到進丁旁邊就趴下來不走了。

「咻～欲到茨矣，緊起來！」土水拿竹支輕輕抽打一下豬哥的屁股，豬哥卻動也不動，只是喘氣。

「這隻豬哥真毋聽話。」土水無奈的對進丁笑說，隨口問他：

「人客對佗位來？」

「北港。」進丁客氣的回答，順便向他打聽：「請問蔡土水佃兜在佗位你敢知？」

土水咧嘴一笑說：「我當然嘛知，我就是蔡土水，借問你是……？」

「我是新地主陳進丁。」

土水黝黑憨厚的臉上堆滿笑容，恭敬的向他行禮：

「失敬！失敬！請來去阮兜奉茶。」

進丁起身穿好上衣，跟著土水趕豬哥走回家，卻一眼看見圓仔和金火站在灶間門外吵架。

「你的人哪會焉爾？捧茶予你啉，無代無誌生氣摔破阮的碗欲創啥？我是有佗位去得失你是否？」

「妳這個查某人毋捌字兼無衛生，心肝有夠歹，茶欲予人啉，捧予人就好，閣故意在上面搰粗糠，是欲叫人焉怎啉？」

兩人怒氣沖沖的互相指責，土水撿起地上的破碗，心疼的說：

「好好一塊碗，焉爾佮伊摔予破足無采。」

金火沒好氣的說：「賠償恁就是矣，一塊碗耳耳，有啥物了不起？」

「金火啊！話哪會使得焉爾講？」進丁難得板起臉來對金火說重話。

「恁好額人一塊碗是無算啥，阮散赤人連欲買一雙箸就要儉腸凹肚。」土水語氣平淡的回答，將破碗小心的撿起來拿去放在牆角。

金火有些委屈的低聲辯解：「是彼個查某人尚過分，刁故意在茶水上面挪粗糠，分明是欲糟蹋人。」

土水聞言，替自己的妻子解釋：「你誤會阮某的意思矣，是因為茶拄煮滾，燒燙燙，才會在上面挪粗糠，予恁一邊噴一邊啉，才袂去予燙著嘴。」

「焉爾你有瞭解否？」進丁沒好氣的問金火。

金火滿臉羞愧的道歉說：「失禮啦！我毋知也是這個緣故，佮恁損破的碗，我會賠恁啦！」

「碗損破就損破矣，毋免賠啦！以後大家欲做夥猶久久長長咧，請恁多多牽成疼惜就好。」土水說完，又轉向圓仔介紹：「這位就是咱的新地主。」

圓仔聽到是地主，神情變得很惶恐，趕緊一再賠罪說：

「歹勢啦！攏是我的毋對，請恁原諒我好否？」

「無要緊啦！一場誤會而已。」

土水吩咐圓仔多煮些飯招待，然後請進丁他們去廳裡喝茶。對鄉下人而言，煮沸過的水就是茶。

「聽添財講，過去的田租攏是以收成的四六分，是否？」進丁主動詢問。

土水嘆了口氣回答：「以早是焉爾無毋對，毋閣自從交予個囝管理了後，條件就變矣，要求欲做五五分，伊講阮若是毋答應，猶有別人欲租，稻仔一年兩季，連中間種作的雜糧，逐項攏欲分佮到，連稻草嘛欲分去賣，實在有夠酷刑。」

「添財真正是生著了尾仔囝，食人夠夠。」金火忍不住批評了一句。

進丁用眼神制止金火多說，態度和氣的告訴土水：「以後稻仔同款四六分就好，賭的攏恁的。」

土水感激得站起來直鞠躬：「感謝頭家，你是一個足有腹腸的大好人，你一定會有好報，天公伯仔一定會保庇恁大趁錢。」

圓仔把煮好的飯菜端到客廳的飯桌上，邊道歉說：

「因為無準備，所以只有簡單的便菜飯，請恁毋好見怪，後回欲來先扑電話交代庄長通知阮，我才來刣雞請恁。」

桌上只有一碟豆腐乳，一小碗炒花生，一盤炒蕹菜，一碗公菜瓜湯，飯坩裡裝著番薯簽飯，白米集中在中間，圓仔添飯時，盡量把較多的白米飯添在給進丁和金火的那兩碗裡。

土水的大兒子有忠去做工剝蔗葉，中午回家吃飯順便擔著兩大綑乾的蔗葉回來做草茵，見到陌生人在家裡吃飯，客氣的點頭問候，知道是新地主，又聽土水說田租只要四六分，非常感動的對他們說：

「阮阿母一聽講地主欲換人，煩惱佮袂食袂睏的，就驚地主講欲佮土地收回，阮做穡人不單要看天食飯，猶要看地主面色食飯，實在真艱苦，感謝頭家對阮這爾有量，這個人情阮永遠會記在心肝內。」

當時有忠才二十出頭歲，已經一副老成穩重的模樣，進丁還誇他未來一定會有出息，每次來榕樹王庄收租，只要遇見有忠在家，都喜歡和他多聊幾句，感覺和這個年輕人特別投緣。每年蔡家間種的玉米，土水都會現折一大籃叫有忠送到北港給他們吃，進丁也會回贈他們北港的麻油。兩年前有忠結婚，他還特地讓自家布莊裁製一套西裝送給他，一年前有忠的兒子出生，名字還是拜託他取的，「永隆」的涵意就是祝福蔡家添丁後能永世興隆，想不到有忠年紀輕輕竟會罹患重病。

金火提著兩罐牛奶粉率先走到蔡家大廳門前，出聲呼喊：

「有人佇咧否？」

「來矣！」阿春應聲從房裡走出來，見到地主和管家，有些慌亂的招呼他們：「是頭家恁來，請入來坐。」

「恁大家倌無佇咧呢？」金火問，走進大廳裡把奶粉放在桌上。

「個攏去田裡挲田草。」阿春忙著為他們倒茶水。

「免無閒，有忠呢？」進丁關心說。

「伊佇房間休睏。」阿春領他們進房間。

有忠在房裡有聽見他們的談話，起來靠坐在床頭，永隆坐在他的身邊玩一顆陀螺，見到進丁激動得眼眶含淚，哽咽的問說：

「頭家哪有閒倘來？」

金火搶先替進丁回答：「阮頭家是特別來看你的。」

進丁看見有忠浮腫泛著暗黃的臉龐，不捨的問：「咱才半年外無見面，你的身體是焉怎會變佮焉爾？」

去年秋收，進丁因為玉枝心臟病發作住院，只派金火來收田租，所以不知道有忠竟然病得這麼嚴重。

有忠用比哭還難看的笑容回答：「神仙難救無命囝，可能是我天生註定要膨肚短命。」

進丁神情嚴肅的說：「誰講的？你無去病院予醫生治療，哪會知也有救亦無救？」

有忠露出一絲苦笑：「做穡人的命佮野草平臭賤，哪有錢去病院揣醫生？」

「你毋免煩惱錢的代誌，只要安心治病就好，我的親家是北港慈愛病院的副院長，明早我拜託伊派司機駛車來接恁。」進丁不由分說的告訴有忠。

有忠與阿春夫妻對望，兩人眼底都閃爍著希望的光芒。

「可是……。」阿春心有疑慮的開口。

進丁彷彿看出她內心的憂慮，主動替她設想：

「妳會使得攑囝仔住我的茨內，方便就近去病院看顧伊。」

「頭家，你的大恩大德，阮一世人攏會記佇心肝底。」阿春流下兩行感激的淚水。

進丁他們離開後，有忠既期待又有些遲疑的問阿春：

「妳看，我的病敢猶會醫得？」

阿春擦乾眼淚，提起勇氣對丈夫說：

「咱絕對袂使放棄希望，永隆猶閣這爾細漢，伊需要你這個老父牽晟，你一定要好起來，倘好栽培伊大漢去讀大學。」

這是永隆剛出生時，他們夫妻倆夜裡躺在床上看著兒子所說的願望，有忠希望兒子將來成為讀書人，不要像他一樣沒讀書，一輩子就像「青暝牛」，只能在田裡做穡趁艱苦錢。

有忠看著永隆肯定的點頭，告訴阿春，也像在自我期許的說：

「好，我一定欲好起來，我欲栽培永隆讀大學，看伊娶某生囝，做一個有才情的人。」

近午阿春煮好一鍋番薯簽粥，炒好兩樣菜端上桌，永隆卻在房裡哭起來，她走進去抱起孩子，先替他換尿布，再坐在床邊給他餵奶，有忠看來睡得很沉，神情寬鬆不少，永隆顯然餓很久了，抱著她的乳房拚命吸吮。

「阿嫂！阮阿兄最近好否？」有義穿著一身土黃軍裝突然回來，走進他們房間探視他的大哥。

因為阿春正在餵奶，他接觸到她的目光後立刻有些不自在的移開，轉頭看著正在睡覺休息的有忠。

「差不多是焉爾，阿叔仔，若是為著欲予恁大兄有錢倘醫病，你才選擇去南洋做軍伕，今嘛毋免煩惱矣，地主講欲安排予恁大兄去北港住病院治療，你敢會使得去佮名額取消，莫去做兵？」阿春高興的告訴有義這件事。

「地主真正欲佮咱幫忙，予阿兄去住病院治療？」有義也很驚喜的模樣，神情隨即又黯淡下來說：「尚慢矣，軍隊毋是咱愛來就來，愛去就去的所在，我已經受訓完畢，兩工後就欲綴軍隊出發，上船去南洋矣。」

「你連某都無娶，人生單欲開始，就欲去南洋冒險，我實在替你足煩惱的。」阿春滿臉憂慮的看著有義。

阿春的話讓有義心頭一片慼然，他尚未娶妻，人生的滋味完全未嘗試過，如果就這樣死了，應該會死不瞑目吧？但是頭已經洗一半，要抽退也不可能了，只好聽天由命。

「阿嫂，我若真正死佇南洋，政府會予咱兜一筆賠償金，提去買一、兩分地，就會當好好栽培永隆，我做忌的時陣，再叫伊攢較好的佮我拜。」有義故作輕鬆的說著，像在交代遺言一樣。

阿春已餵完奶，將永隆抱放在床上，扣好衣物鈕扣，對有義說：

「阿叔仔，你稍等一下。」她走出房間，去大廳公嬤爐旁邊取回一個布製的香火袋，交給有義。「這是我替你去跟榕樹王公求的，也有請咱蔡家的祖公祖嬤要佮你保庇，一定要予你平安倒返來。」

「阿嫂……。」有義感動得熱淚盈眶，不知道該說什麼好。

有忠突然用充滿鼻音的嚴厲聲調，背對著他們開口說：

「你一定要平安倒返來，若無，我做鬼都袂原諒你。」

阿春帶著一個大包袱，裡面有永隆的尿布和三個人的換洗衣物，攙扶著丈夫坐上慈愛病院副院長的黑頭仔車出發去北港，因為地主都已打點好，有忠直接就住進病院，阿春先安頓好丈夫，背起永隆先步行到陳家拜見主人一家大小，見到玉枝和千佳，立刻雙膝一跪，磕頭道謝說：

「感謝老夫人、少奶奶對阮的幫忙照顧。」

在客廳紅木椅坐著喝茶的玉枝，和靄的說：

「緊起來，毋免這爾客氣。」

站在旁邊服侍的下女阿菊，馬上上前幫忙扶起阿春。

「阿菊，妳先撮阿春個母囝去準備欲予個住的房間，看伊有什麼需要，妳要協助伊。」玉枝細心的吩咐。

「好，我知也。」阿菊語氣輕快的回答，叫阿春隨她出去。

綁在阿春背上的永隆大聲哭泣起來，她帶著歉意解釋：

「自早起出來到這陣，伊應該是尿苴仔濬去。」

「應該嘛枵矣，阿菊，早起猶有賭糜否？妳去添一碗予阿春飼囝仔。」玉枝交代阿菊。

阿菊帶阿春去主屋右邊伸手的三間房中的第一間客房，這裡距灶間和飯廳、洗浴間最近，後方有個可以洗曬衣物的水井與小庭院。她將永隆放在鋪著榻榻米的統鋪上，打開裝衣物的大包袱，拿出乾淨的尿布為永隆更換，阿菊很快端來一碗用新鮮番薯煮的稀飯，上面竟然還撒上一撮魚鬆。

「老太太特別叫我摻魚酥欲予妳飼囝仔。」阿菊主動告訴她。

阿春接過那碗稀飯，感激的說：「頭家和頭家娘做人攏有夠好。」

阿菊像在炫耀什麼似的，得意的對阿春說：

「阮頭家佮頭家娘是地方上有名的大善人呢！鋪橋造路，救濟困苦的人，常常攏予人送感謝狀。」

「阮嘛是接受個救濟的人。」阿春嘆了口氣，看著一口接一口吞著稀飯的兒子，一股心酸自然湧上喉頭。

「等一下就欲食中晝，頭家娘有交代煮飯的滿福嫂仔佮恁攢便當，欲予妳提去病院佮恁翁做夥食，妳飼囝仔飼煞，就會行得去灶腳提矣。」阿菊交代完，便出去忙她的事了。

阿春用衣袖擦乾眼淚，深深吸了一口氣，她知道自己必須堅強，孩子還小，無論如何，都不能放棄希望。餵飽永隆，阿春將他又用揹巾揹好，去灶間找滿福嫂拿便當，滿福嫂是個五十歲上下的女人，一副精明幹練的模樣，眼神卻流露出一股溫暖的光輝，在阿春充滿感激的向她鞠躬道謝時，她真誠卻淡然的回答：

「做人互相幫助是應該的。」

阿春前往慈愛病院的路上，會經過媽祖宮，北港朝天宮歷史悠久，香火鼎盛，日本推行皇民化運動，禁止廟宇祭祀台灣神祇，朝天宮因為同時有供奉觀世音菩薩，被視為佛寺而得以保全。阿春特地進去參拜，虔誠的向媽祖娘娘磕頭祈求，她發下誓言願意折壽給丈夫，希望神佛庇佑，丈夫的病經過治療可以痊癒。

「你腹肚枵袂？」阿春走入病房，立刻接觸到丈夫有些急切的眼光。

有忠搖頭，有些孩子氣的抱怨：「我等妳足久。」

「我用行的來回也要一段時間，頭家娘吩咐煮飯的滿福嫂仔幫咱攢飯菜，焉爾你住院的這段時間，我就毋免煩惱吃食的問題矣。」阿春先把綁著永隆的揹巾解開，讓有忠抱著他。

「地主個對咱這爾好，以後咱毋知欲焉怎才有法度報答個。」有忠有些煩惱的說。

阿春邊打開木製飯盒，邊回答丈夫：「先莫想赫濟，等你的病若好起來，再來煩惱猶袂慢。」

兩人看見飯盒裡裝著白米飯都愣住了，裡面還有一塊煎的白肉魚和一粒蛋包，及兩樣炒青菜。

「好額人的茨內敢攏食這好？」有忠露出欣羨的表情。

「應該是特別為你準備的，破病人若無食較好咧，病哪會緊好？」阿春忖度著回應丈夫的疑惑。

她坐在床邊的一張木椅上，將永隆抱在自己的兩腿間讓他站著，一歲多的孩子已經能扶著物件移動步伐，應該很快就能走路。有忠坐在病床邊緣準備吃飯，端著木飯盒的左手有些發抖，右手拿著一雙筷子，顫巍巍的挖起一團白米飯送入口中咀嚼，閉起眼睛享受著米飯在口中的香甜，嚼著嚼著，兩行清淚滾落浮腫的臉頰。

「食飯就好好，哪會在哭啥？」阿春打開床邊桌櫃的抽屜，拿出他的面布幫他擦臉。

「是焉怎咱做穡人長年透冬辛辛苦苦種稻仔，欲食一碗白米飯卻赫爾困難？米是咱種的，是焉怎咱干單會當食番薯簽？」有忠用哭嗓說出內心的悲憤。

阿春忙著擦丈夫臉上止不住的淚水，邊認命的勸他：

「欲怪就怪咱家己命底歹，無出世佇好額人兜。」

有忠越發像個孩子似的哭嚷：「後出世，我一定欲揀一間門圈仔較大个的人家去出世。」

阿春好氣又好笑的回他：「好啦！我才幫你點燈仔火予你揀啦！」

連續兩天，阿春往返於病院和陳家住宅，滿福嫂都會按時幫她裝好便當，讓她帶去和丈夫一起吃，一日三頓飯，在所有物資都必須配給的時局下，飯菜明顯都是費心準備，阿春點滴都銘記於心。

住了兩天病院，打了幾支針，反覆發燒的情況改善了，有忠的精神似乎好了許多，只是鼓脹的肚子還是沒消，胃口也不好，一碗番薯粥吃不到一半就說吃不下，阿春陪他吃完早飯，讓他趟回病床休息，收拾好碗筷放入提籃裡，揹起永隆準備回陳家洗衣服，等中午再送飯來。

經過看病的診間，阿春探頭看了一下裡面的情況，院長乃木太郎正忙著診治一位中年男病人，他瘦削的臉頰有兩道深刻的法令紋，看起來十分威嚴，聲調卻是低沉柔和的，他每用日語問一句，旁邊的護士就為他翻譯：

「院長問你佗位無爽快？」

那位病人指著自己的肚子，一臉痛苦的模樣回答：

「哇答庫西，腹肚，摵摵鑽。」

由於病人是模仿日語腔調，說的還是台灣話，年輕的女護士忍不住噗哧笑出聲，乃木院長責備的看她一眼，護士趕緊收起笑容，用日語翻譯給乃木院長聽，他又再問第二句，由護士翻譯：

「院長問你吃啥物才開始腹肚疼？」

病人努力回想後，才認真用日本腔台灣話回答：

「牛奶糖。」

「院長問你在佗位食的？」

「甘蔗園。」

「食幾粒？」

「無底算。」

乃木院長用責備的語氣說了一串話，邊低頭寫病歷，護士大略翻譯話的內容給病患聽：

「院長講你胃無好，無應該一擺食尚濟粒牛奶糖，莫怪胃會疼。」

病人像聆聽長輩教訓的孩子一樣，歉疚的直點頭，跟著另一個護士出去領藥。

阿春趁空檔走進診間，從提籃裡拿出用荷葉包著的六顆土雞蛋，那是她經過媽祖宮，正好有人拿出來賣，她掏錢買下來的。她先向乃木院長鞠躬，把土雞蛋交給他身邊的護士說：

「拜託妳佮院長講，這是欲感謝伊的，阮翁的病毋知要閣治療偌久才會好？」

護士將阿春的話翻譯給乃木院長聽，乃木的神情凝重起來，有些為難的看著阿春片刻，才遲疑的開口向她說明：

「歐桑，我必須跟妳說實在話，妳的丈夫肝硬化很嚴重，沒什麼比較好的治療辦法，我只是幫他施打抗生素，讓他腹膜炎消退，感覺比較舒適而已，並不是有辦法治好他的病。」

阿春聽完護士翻譯的話，如遭雷擊，她不敢置信訥訥的問說：

「妳敢有聽毋對去？院長講的話真正是這個意思？」

護士滿臉同情的回答：「有真濟人攏是這款症頭，到腹肚脹大就是無救矣。」

阿春失魂落魄的走出病院，明明日頭照得街道白花花，她卻感覺前途一片黯淡。有忠才二十八歲，生命就走到盡頭，她也不過才二十三歲就要守寡，最可憐的是永隆，一歲多就沒父親，未來的日子要怎麼過？

回到陳家宅院，她從客房裡拿出一堆待洗的衣物來到水井邊，把永隆放在地上讓他自己玩，打水準備洗衣服，最主要還是洗永隆的尿布。這裡所有清洗衣物的器具都有，她坐在水井邊的矮凳上，先將衣物和尿布分開放在水盆裡，分別浸濕後抹上肥皂，然後使勁的搓揉刷洗，搓著搓著，一陣悲從中來，她把臉埋在雙膝間，低聲哭泣著。

「妳是焉怎在哭？」一個男人斯文的嗓音傳入耳中。

阿春慌張的伸手想抹掉臉上的淚水，忘了手上沾肥皂，因為肥皂的刺激，讓眼淚更停不下來，還不斷的眨眼睛。

「無啦！無啥代誌。」她只好改用衣袖不斷拭眼睛，完全看不清說話的是誰。

那人走到她的前面，拿水瓢舀了一瓢乾淨的水，遞到她面前說：

「先佮手洗清氣，再用手沍水洗目睭，就袂刺目矣。」

阿春依言洗過眼睛，抬頭看看站在她面前身形修長的男人，他的年紀應該與她差不多，穿著整齊體面的西裝褲與白襯衫，阿春可以猜到他的身分，試探的開口：

「你是毋是少……」她的話尚未說完，眼尾已經看到少奶奶追尋丈夫的身影而來。

「博文，你返來矣，你佇這創啥？」千佳走向他們，有些狐疑的看著兩人。

「我來這洗手。」博文平淡的說，蹲下來逗弄坐在地上的永隆，隨口問阿春：「這是妳的後生？偌大矣？」

阿春回答：「一歲外。」

「妳是來阮兜做穡的？」博文好奇的問。

「伊是咱兜的田佃蔡土水的媳婦，個翁破病來住院治療，才會暫時來住這。」千佳代替阿春回答，硬將博文拉起來說：「卡將等欲看你，你猶毋緊去佮伊請安。」

「好啦！妳有看著我這回帶返來欲送妳的禮物否？」

「當然是有看著才知也你返來矣。」

「妳敢知也為著欲買彼盆牡丹，我費盡偌濟心機否？強欲規台北城的花園泄透透。」

「感謝我的夫君對我的疼愛，我一定會好好用來畫圖，袂辜負你的心意。」

阿春聆聽著兩人有說有笑的往屋裡走，對照自己和有忠悲慘的命運，忍不住眼眶又泛紅起來。

中午送飯去病院，有忠看來有些煩惱，跟阿春抱怨說：

「拄才副院長有來看我，我問伊這個病要治療偌久才會好？伊干單叫我安心養病，莫想尚濟，醫藥費咱的地主會負責，就算講是焉爾，欠人的總是要還，嘛袂使得開尚濟錢啊！」

阿春沉默不語，猶豫著不知道該不該對丈夫說出實情。

「是講猶是西醫較厲害，來住院才兩工耳耳，我就感覺好真濟矣，我想閣加住幾工，應該就會當返去茨裡調養就好矣。」有忠自顧自的說著，難得對自己的病有些信心。

阿春勉強露出笑容，應和他說：「是啦！加住幾工醫予較好咧，咱才出院返去。」

千佳吃過午飯，就待在書房狂作畫，博文從台北小心翼翼捧回來的那盆白色牡丹，一朵花開正盛，另一旁枝則含苞待放。她打了幾張自己還算滿意的草稿，準備日後有空閒時再修飾，回房間探視午睡的丈夫，已不見蹤影，轉往婆婆房間，在門外就聽到傳出一陣歡笑聲，除了他們母子的聲音外，還有她的妹妹千惠，一股酸意立刻襲上心頭。

她向來不喜歡妹妹千惠與公婆及她的丈夫走得太近，未出嫁前即如此。她和千惠完全是不同典型的人，雖然姊妹都有承襲自母親的美貌，但她從小個性就有些孤僻冷傲，生病後因為父母的寵溺更加自私驕縱，而千惠不論見到任何人總是笑口常開，溫婉有禮，深得所有人喜愛，讓她不由得暗自嫉妒自己的親妹妹，千惠的健康開朗和能夠去學校讀書是她求之不得的，她從初中三年級因病休學，自此沒再繼續學業，只在父母的安排下，由漢學老師到家裡指導她讀古代典籍，兼學習書法、水墨。

千佳一踏入公婆房中，歡笑聲即止，她有些冷淡的問說：

「是在講啥？講佮這爾歡喜？」

彷彿看出姊姊心中的不悅，千惠訥訥的回答：

「姊夫在講伊佇學校趣味的代誌予阮聽。」

「哦，妳今仔日來敢有啥代誌？」她看著分坐在玉枝左右兩邊的千惠和博文，臉上滿是陰霾。

「卡將知也姊夫返來，吩咐我送物件來。」千惠紅著臉解釋。

「送啥物？」

「講欲予恁食的補品。」千惠說完站起身，告辭說：「我要返去病院幫忙矣。」

「再閣來蹉跎。」玉枝笑著說。

博文皺著眉頭，看了千佳一眼，送千惠出去。

「妳哪會對恁小妹這款態度？」

「阮姊妹講話一向攏是焉爾。」千佳裝做若無其事一般，在千惠剛才坐的位置坐下來。

「感覺妳親像無歡迎伊來。」玉枝看著媳婦說。

「阮只是無話講耳耳。」千佳淡淡的說。

「照講姊妹做夥有伴，應該感情會足好才對。」玉枝一副不解的神情。

「阮姊妹的感情也無歹啊！」

「我總是感覺有淡薄仔奇怪。」

「阮卡將是叫伊提啥來？」千佳轉移話題問。

玉枝微笑著回答：「當然是對恁欲生囝有幫助的補品啊！我已經吩咐滿福嫂仔用落去燉

番鴨公矣。」

千佳略微羞澀的低著頭笑說：「阮卡將真正足厚操煩。」

玉枝微微嘆了口氣，有點無奈的說：「毋單是恁卡將，連我都等足久矣，恁兩個要較扑拼咧，莫予阮等尚久。」

「扑拼啥貨？」博文進來接著話尾問。

玉枝笑開嘴回他：「恁兩個尚重要的代誌，就是扑拼生囝啦！」

博文坐下來與千佳對望著，好像想說什麼？終究沒開口。

晚飯玉枝特地讓他們小倆口在房裡吃，博文看著那一大陶鍋的補湯，不禁苦笑著說：

「常常予妳食一堆生囝的祕方猶無夠，今嘛連我都要綴妳啉苦湯矣。」

千佳笑吱吱的添了一碗擺在博文面前，嬌媚的對他說：

「聽講這味會滋陰補陽，咱要加啉兩碗。」

面對長輩的期盼，博文也只好苦中作樂，開玩笑問說：「啉兩碗敢會生雙生？」

千佳用水汪汪的眼睛斜睨他，神情挑逗的反問：

「無試哪會知？」

兩人吃完晚飯，一起外出散步，初春的夜色降臨得很快，月亮已朦朧的斜掛在天邊，正是十五月圓時，千佳想起一件過往的趣事，噗哧笑出聲。

「有啥物倘好笑？」博文眼神溫柔的看著她。

「我想著舊年的元宵節，咱去媽祖宮看花燈的代誌。」千佳笑說。

「拖我去做賊，妳閣笑會出來？」博文伸手捏捏她的鼻尖，好氣又好笑的訓斥她。

千佳不服氣的揚起尖尖的下巴，忍住笑用嚴肅的語氣糾正他：

「兮哪是做賊？是在做倪損。」

因為他們結婚已一年，千佳的肚皮依然沒動靜，元宵節前，滿福嫂私下教她一些「做倪損」的方法，還說很靈驗，只是當下不能說破，否則就不準了。

以往朝天宮一年有兩次大祭典，一是慶祝元宵，二是媽祖誕辰，天后的鑾駕均會出巡境內，各種陣頭藝閣隨鑾駕繞行各街道，場面熱鬧非凡。自太平洋戰爭爆發後，日本政府積極推行皇民化運動，禁止民間舉行迎神賽會的遊行活動，雖然如此，農曆年後接近元宵節前，媽祖宮周圍還是掛起盞盞燈籠，廟內則設置一座一座講述民間傳奇故事的紙紮花燈，供來自各地參拜的香客遊賞。

去年戰爭的氣氛還沒這樣緊張，元宵夜當晚到朝天宮看花燈的人潮川流不息，剛吃完晚飯千佳就急著把博文拉出門，不知內情的博文還笑她：

「千偌囝仔咧，赫愛看鬧熱。」

千佳笑而不語，一逕拉著丈夫在燈籠下穿來穿去，一下往東，一下又說要往西，弄得博文滿臉疑惑的問她：

「妳到底是想欲看啥？」

千佳指指頭上的燈籠：「看燈啊！」

「看燈就順順仔看就好，焉爾艘來艘去是欲創啥？」

「你綴我行就對矣。」

千佳接著又拉他往廟裡的人潮擠去，大部分人都擠在紙紮的花燈藝閣前觀賞那些民間故事人物，她看也不看一眼，直接穿過人群往左廂的註生娘娘殿走，拉著他一起跪在註生娘娘神像前，雙手合十一臉肅穆的祈禱，博文聆聽她呢喃求神保佑，讓他們能早日得子傳宗接代，這是三代單傳的陳家最重要的大事，讓他既感動又心疼。結果他們在回家的路上，千佳又拉著他走入一條偏僻的暗巷，博文有些不耐煩的追問：

「妳今嘛到底閣欲創啥？」

千佳把食指放在嘴前噓了他一聲，經過一戶人家用竹籬圍著的後院，左顧右盼後，就著明亮的月光，竟把手伸入籬笆內的菜瓜棚，採了人家的一條菜瓜拔腿就跑，博文吃驚的愣在當場，最後只好去敲那戶人家的門，給錢了事。他回家對千佳發了好大一頓脾氣，才弄清楚來龍去脈，原來鑽燈下是為「求丁（燈）」，而元宵節則有「偷挽蔥嫁好翁」、「偷瓜換子」等倪損的民俗活動。

「我拜託妳以後莫閣聽人胡白講矣，生囝要靠醫學，迷信些個傳說是落伍的行為。」博文直到現在，對那些毫無根據的倪損還是耿耿於懷。

「欸，是阿春。」千佳指著前方邊走邊拭淚，低頭朝他們走來的女人說。

阿春挽著提籃，揹著孩子一副心事重重的模樣，完全沒注意他們兩人走在路旁。

博文想和她打招呼，立刻被千佳阻止：

「伊一定是在煩惱囡翁的病，咱當作無看著就好。」

兩人散步完畢返回家裡，博文去父母房裡請安，千佳先洗澡更衣，吩咐阿菊為博文備妥洗澡水，由她親自打理他的內衣褲及睡衣，交給阿菊放在洗浴間，再去請博文去洗浴間洗澡。

博文洗浴更衣後回到房間順手關起房門，紅眠床的錦帳雙掩，他以為千佳已經先就寢，熄燈只留一盞五燭的小燈泡，掀開錦帳準備上床，才發現千佳正在床上等他。她僅著一件豔紅撩人的肚兜，側身斜倚在被褥上，一副恭候他大駕光臨的模樣，豔紅肚兜襯得赤裸的肌膚更加雪白，她眼神迷離的睨視他，插在耳際的正是他辛苦從台北捧回來，正盛開著的白牡丹，想到這株花的貴重，他忍不住搖頭驚嘆兩聲。

「含笑問檀郎，花強妾貌強？」千佳眼波如水，嘴角含笑的吟起詩句。

他和千佳小時候一起上過漢學，平常對唐宋的詩詞也很有興趣背誦，所以一聽即知她吟的是宋朝張先的〈菩薩蠻〉，興之所至便配合演出，露出一抹微笑爬上紅眠床，挑逗的輕撫她身軀玲瓏的曲線，對答吟誦：

「檀郎故相惱，卻道花枝好。」

「花若勝如奴，花還解語無？」千佳回應他的撫摸，傾身用雙手環住他的頸項，紅唇湊到他的耳畔低語。

此時博文卻忍不住笑場說：「妳敢知也這蕊解語花有偌貴？予妳鉸來鬢邊插。」千佳用嘴堵住他的嘴，熱情如火的與他肢體交纏，博文也盡情的投入這場交歡中，沉浸在兩人的甜蜜世界。

在陳家宅院的客房裡，阿春讓永隆吸食母奶哄他入睡，月光柔和的從窗戶照進來，她的淚水成串滴落在枕頭上，帶著哭音的鼻息在黑暗中特別沉重。

也許心中有所期待，博文回台北帝國大學醫學部讀書後，千佳對阿春母子的態度突然友善起來，在阿春忙著洗衣服、尿布，永隆卻纏著她哭鬧時，聞聲過來探視。

「囝仔是焉怎哭佮焉爾？」

「少奶奶，佮妳吵著是否？」阿春充滿歉疚的問。「伊應該是想欲食奶，我猶在無閒。」

「伊腹度枵我替妳飼糜。」千佳過來抱起孩子。

「毋免啦！我就欲好矣。」阿春不想給主人家帶來麻煩，千佳卻不由分說的抱著永隆往屋裡走。

等阿春忙完到客廳找孩子，只見玉枝和千佳婆媳倆把永隆放在紅木椅上，邊餵他吃粥，邊看他高興的玩一個波浪鼓，兩人笑得正開心。

「這個囝仔真正有巧，教一遍就會曉搖這個鼓。」玉枝誇獎說。

「卡將，我足想欲生一個比伊閣較巧的囝仔，予妳會當做阿嬤。」千佳滿懷希望的說，手拿湯匙餵著永隆，眼神卻像在做夢一樣。

玉枝安慰她：「會啦！天公伯這擺一定袂予咱失望。」

阿春踏入客廳大門走向她們，自然的接了一句話：

「頭家佮老太太恁一家攏是大好人，天公伯一定會保庇恁的。」

玉枝慈祥的詢問阿春：「恁翁身體敢有較好？」

「有啦！好真濟矣，我想講過兩日阮就欲返去榕樹王庄矣。」

千佳意外的問說：「哪會這爾趕緊欲出院？肝病並無赫好治療，我才感覺佮囝仔做夥有趣味，恁就欲走矣。」她用有些捨不得的眼神看著永隆。

阿春神情哀傷的回答：「我知也阮翁的病已經無法度倘醫矣，繼續住院是加浪費錢耳耳。」

千佳未能體會貧苦人家的為難，直截了當的說：

「有治療，至少會當活較久啊！」

進丁從店鋪回來，聽到她們的對話，嘆氣的問阿春：

「妳已經問過院長，知也恁翁的病情矣？」

阿春點點頭，眼淚順勢滑落臉頰。

「頭家你早就知矣，哪會無較早佮阮講？」

「我嘛是想講有在治療，有忠至少會感覺較輕鬆。」進丁有些心疼不捨的回答。

「頭家、頭家娘，恁的大恩大德，我佮我的囝永隆，永遠攏會記佇心肝內。」阿春再度跪下來向進丁夫婦叩謝。

兩天後，進丁為有忠辦理出院，再度商請伯元派他的座車送他們回榕樹王庄，離別時有忠緊緊握住進丁的手，久久說不出話來，最後才淚流滿面的對進丁說：

「頭家，以後我佇九泉地下，一定會保庇恁全家平安順序。」

進丁喉頭梗塞，紅著眼眶回說：「你莫胡白想，返去茨裡好好靜養，頭季稻仔收成的時陣，我若去收租，咱再閣好好開講。」

阿春將兒子抱坐在大腿上，永隆好奇的趴在車窗上看著飛逝的景物，咿咿呀呀的嚷嚷著，有忠避開阿春的眼光，假裝仔細端詳汽車內部的結構，用羨慕的語氣問那位才二十多歲的運轉手：

「運將，看你就無幾歲，竟然學會曉駕駛，真正有夠敖。」

年輕人回答他：「是林醫師出錢予我去學駕駛的。」

「你會當有這爾好的機會，予人足欣羨。買這台車一定開足濟錢的，是阮做穡人一世人也買袂起的。」

阿春看著有忠滿臉羨慕的神情，邊喃喃自語著，一顆心緊縮得發疼，她低聲問他：

「你已經知也家己的病無藥醫矣，對否？」

有忠沒有回答，轉頭望著窗外一望無際的嘉南平原，春天的秧苗被風吹拂，像綠色的波浪起伏，晴朗的天空有不知名的鳥在飛翔，他對著窗外的景致出神了好一陣子，才幽幽的開口說：

「無法度陪妳到老真歹勢，以後若有拄著真心對待妳的人，妳會使閣改嫁，我佇陰間會真心祝福妳。」

阿春放聲痛哭，永隆雖然還不懂人事，看見母親傷心的模樣，也跟著嚎啕大哭起來。

四

萬成坐鎮在祕密倉庫內進行亞米仔買賣，收貨兼發貨，他手底下有幾個配合的人，像他家的田佃之子鰗鰡，德隆發商號的義子春生，天香閣走桌小弟阿明，還有牛販仔宋。

鰗鰡其實比萬成大一歲，卻總是自動降格稱他「老大欸」，在萬成每天都要去公學校上課的時候，鰗鰡不但無法去讀書，還得幫他家餵牛，以換取優先借用牛隻、農具的機會，因此也讓鰗鰡養成善於逢迎拍馬的個性，兩人會走近是在一次萬成受欺負時，鰗鰡挺身為他阻擋那些頑劣的少年。

萬成六歲時感染小兒麻痺症，雖然極力救治，還是留下左肢跛足的後遺症，自卑表現出來的通常是高傲自大，上小學時他的書包裡總有許多零食讓他可以充老大，所以身邊不時有追隨者，當然也有看他不順眼的人，會故意用「跛腳成仔」這個綽號刺激他，有一次放學時，他被幾個高年級的學生在路邊一處甘蔗園圍住，挑釁的責問他：

「欸！跛腳成仔！恁兜有錢介囂俳呢？常常提糖仔餅仔來學校買收人，想欲做老大欸你猶早咧！」

「我……毋是想欲做老大欸。」萬成囁嚅的回答。

「跛腳仔想欲做老大欸嘛無成啦！」有人譏諷說。

「我……毋是想欲做老大欸。」萬成再說一次，眼中含著委屈的淚水。

「欸！恁爲爾是想欲創啥？」鰗鰡經過，放下肩上的兩擔甘蔗尾，大聲的質問。

「無你的代誌啦！」有人嗆他。

「伊是我的老大欸，誰敢欺負伊，我就佮伊拼。」鰗鰡手拿砍蔗尾的彎刀，邊靠近他們邊作勢比劃。

那幾個與鰗鰡差不多年紀的高年級生，互相交換一個畏懼的眼神，小心謹慎的撤退離開，鰗鰡在他們背後揚言警告：

「以後偌閣欺負阮老大欸，我絕對袂放恁煞。」

「少爺，你敢有爲怎？」鰗鰡看著驚魂甫定的萬成，關心的問。

「你毋是叫我老大欸？」

「是，老大欸！」鰗鰡很知趣的恭敬回答。

萬成從書包裡拿出一個紙袋裝的糖柑仔，闊氣的遞到鰗鰡面前說：

「這予你。」

鰗鰡接過紙袋，打開看了一眼，露出欣喜的笑容。

「阮小弟小妹一定會足歡喜。」

從此，鰗鰡儼然是萬成的保鏢一樣，只要萬成有事找他，他都會以萬成的事為優先，萬成也會在父親面前替他家說好話，爭取比其他佃農更好的福利。

春生和博文、空卿與他都是小學同窗，四人當中博文是模範生，空卿是囝仔頭王，他和春生最臭味相投，春生是博文家開的德隆發商號管家金火的兒子，和博文算是表兄弟，又加上被博文的父母認做義子，後來進德隆發商號做夥計，因為有父親包庇著，進出商號儼然像少爺模樣，只有在老頭家進丁面前才會裝勤快。德隆發商號在北港鬧街上擁有整排數間的店面，有的自己經營事業用，有的租給別人做生意，讀小學時，春生就常偷雜貨鋪裡的糖果餅乾賣給萬成賺零花錢，所謂「細漢偷挽瓠，大漢偷牽牛」，當萬成做起亞米仔貨買賣生意時，春生常常從德隆發商行偷拿物品，交給萬成販售換取現金也就不足為奇，反正有他父親在管帳，自會彌補空缺，對春生這個從小沒娘的兒子，金火也拿他無可奈何。

萬成家裡有十幾甲地贌給佃農耕作，家裡也有數位長工和養女在幫忙種田，他家的紅磚瓦房是祖父規劃建造，再傳給父親繼承，採三合院形式，周圍都砌半人高的磚牆，非常氣派，前面有很大的院埕可曬穀，埕尾是牛椆，養了三隻水牛，後院連著一大片菜園，供自家三餐採摘。父親唯一的嗜好就是飯後抽煙斗，他的一管黑檀柄的長煙斗如秤桿般吊掛在磚牆上。

萬成小學畢業就不再升學，主要是他對讀書本來就沒興趣，但他因為小兒麻痺症左腳肌肉萎縮，不但行動不方便，粗重活也無法做，在家就像個閒人一樣，頂多幫忙跑腿辦事，父親曾要他去學一門手藝，但做學徒得在師父家待三年四個月才能出師，他往往不到半年就捲包袱回家了，有時是他受不了師父的嚴格要求，有時是被師父逐出師門，原因是他常不守規矩，做事草率隨便，這對那些秉持日本精神，做事一板一眼，不時強調「做人、做事、做物」原則一貫的老師傅們而言，他等於是無法調教的爛土，糊不上牆的人。而他畢竟是邱家長子，靠著家產也吃穿不愁，就這樣一年混過一年，來到五年前青春黑狗兄的十八歲，他永遠也忘不了人生中男女間的初體驗，屬於他跟月嬌的第一次，像洞房花燭夜一般。

那時因為對女人的好奇，他晚上吃過晚飯常故意騎車經過天香閣，好奇探望酒家裡的情景，在那裡招呼客人的走桌小弟阿明認得萬成，看出他對男女之事的強烈興趣，故意把他攔下來，熱絡的湊在他的耳邊低聲說：

「成仔舍，想欲揣小姐就入來嘛！免歹勢，這是天地所設，毋是弟子做孽。」

萬成紅著臉否認：「我無欲揣小姐。」

「查埔人佗一个無想欲揣小姐？是有錢亦無錢耳耳，入來坐一下無歹啦！」

萬成就這樣半推半就的被阿明拉入天香閣，阿明也很內行，因為萬成才十八歲，當然不能安排年歲大他太多的小姐，所以特別安排剛到酒家上班不久的月嬌給他，月嬌和多數酒家女一樣，都是因為家貧父母病才下海。

「成仔舍，月嬌才來上班三工，猶未有人開苞，你若想欲疼惜伊，我會使替你安排。」阿明神情曖昧，語言露骨的告訴他。

直愣愣坐在萬成身邊的月嬌聽到這種話，突然止不住的哭了起來，阿明立刻嚴厲的訓斥她：

「妳是在哭衰喔？佇人客的面頭前哭，予頭家娘知也，等一下妳就皮痛。」

月嬌害怕的止住哭聲抽噎著，萬成看著她塗脂抹粉仍顯得稚氣未脫的小臉，突然生出憐惜的衝動，完全不懂酒家規矩的他，開口打包票：

「以後伊就是我的人矣。」

阿明愣了一下，堆起世故的笑容回說：「有你成仔舍這句話，月嬌以後的日子就好過矣。」

大話說出口要反悔沒面子，萬成知道要買月嬌的初夜最少要五佰圓後，腦筋立刻動到父親的存款上，因為常常替父親去銀行存提款，他知道父親的銀行簿和印章的藏放處，所以像老鼠一樣偷偷拿去提領一筆現金，再神不知鬼不覺的將存款簿和印章放回去，然後騙父母說要去外地訪友旅遊，需要外宿不回家。月嬌的初夜也是萬成的頭一回轉大人，兩人都生澀不知如何是好，多虧阿明設想周到，在月嬌房裡放了一小本春宮浮世繪，才讓他們有模仿學習的範本，一個晚上做了好幾回，隔天被阿明消遣：

「新烘爐新茶壺，規暝燒滾滾。」

為了包養月嬌，他領光父親的存款，又為了彌補錢坑，他利用幫父親管理田地贌耕事務時剝削佃農，從原先的六四分改五五分，且連間種作物也要分，由鰗鰡幫他跟佃農談判，不從的就收回耕作權，這樣還是無法供應酒店開銷，當阿明拿著一疊簽帳單問他該如何處理時，他也惶恐的反問他：

「你看我欲焉怎才好？」

阿明皺起眉頭瞪著他，眼珠一轉，開口說：

「恁兜田園毋是足濟？提一張地契出來當好矣。」

「干單地契就會當得？」萬成傻傻的問。

「憑你成仔舍的身分，當然嘛會使得。」阿明笑嘻嘻的回答。

就這樣在阿明的牽線下，他又偷拿地契去當鋪錢莊借錢，直到錢莊上門追討龐大利息，才東窗事發，差點被他父親拿那支烏骨仔煙吹打斷腿。

「你這個了尾仔囝，今仔日我一定欲佮你摃斷腳骨，偌無邱家的財產絕對會予你敗了了。」添財邊咬牙切齒咒罵，邊拿煙管猛打他。

萬成被打得大聲嚎叫學狗爬，父親的煙管每下都打在他因小兒痲痺症肌肉痿縮的左腳上，且結實的敲打到骨頭，疼入他的心坎，他聲嘶力竭的求饒：

「多桑！我後擺毋敢矣！多桑！我後擺毋敢矣！」

「猶閣有後擺？摃予你死較規去。」添財毫不停手追打萬成。

「萬順！萬順！你救我！」他爬向呆站在一旁小他一歲的弟弟，往他身後躲，抓他當擋箭牌。

「你叫天叫地都無路用，我邱添財哪會生著你這款憧憨的？啥物查某囡仔你毋去愛，偏偏去愛酒家女？也敢去錢莊借錢出來匪類，你猶有啥物代誌做袂出來？」添財伸手要將萬成從萬順身後拖出來，萬成拚命閃躲著，萬順也有意無意的替大哥攔阻著父親，父子三人糾纏成一團。

「我佮月嬌是真心相愛，伊是為著家庭不得已才下海。」萬成委屈的辯解。

添財聞言更加震怒，破口大罵：「菜店查某偌有情，佪兜公嬤就無靈，世間就是有你這種憨囝，你憨欲死，赫憨哪毋去替人死？」

萬成感覺無人瞭解他和月嬌之間的真情對待，對自己的跛腳人生也感到一股莫名的悲憤，如果他們的愛情不被父母接受，人生還有什麼趣味？索性放開萬順，一頭撞向父親的胸前哭喊：

「我規去死死咧好，橫直我這个跛腳的活佇這個世間是猥穢，正常的查某囡仔誰欲愛我？你佮我損予死好！」

添財被撞得倒退兩三步，反而愣在當場反應不過來，接著萬成發狂一般，抱著大廳裡放祖先牌位的供桌桌腳，一下一下用力撞自己的頭，邊撞邊喊著：

「我死死咧好！我死死咧好！」他將桌上的祖先牌位撞得搖晃震動，也撞破自己的額頭，鮮血直流嚇壞在場所有的人，金枝尖聲驚叫，呼喊長工幫忙騎腳踏車載萬成去慈愛病院治療，縫了四針，額頭腫了一大包。

從此添財也不敢太責備他，只是防他像防賊一樣，不再派他幫忙任何事，任由他到處晃蕩也不管他，他如果需要用錢就纏著金枝，當母親的人永遠戰勝不了自己生的兒子，只要數目不大，金枝再不情願也會供應他。雖然萬成無法再進出酒家捧她的場，月嬌對他倒是很有情義，在不上班的時間會讓他進出她的住處，兩人儼然是一對同命鴛鴦，他畢竟是她第一個男人，除了跛腳外，萬成長相還算俊秀，有股奶油小生的抑鬱氣質，她也知道他的不得志只是暫時的，他是邱家的長子，財產遲早會落到他的手上。

因為戰爭物資短缺，施行配給制度，為台灣人的生活帶來不便，也帶來發戰爭財的機會，至少對萬成而言，就是如此。天香閣酒家欠缺食材，派阿明在外搜購亞米仔魚肉，月嬌知道這件事，告訴萬成如果他家有短報偷養的豬可以賣，黑市行情會比市價高，萬成家裡當然有養豬，而且養的數量還不少，不只會偷藏私養，偶而還會謊報病死偷宰，製成香腸醃肉藏放起來，這種情況在鄉下尤其普遍，他不止回去纏著母親說服她供貨給他販售，再給他一筆資金當本錢，還找鰗鰡到處去尋找貨源，並主動聯絡各家食堂供貨，當然萬成也會和大家共同分享利益，為了躲避巡查，萬成租了一處隱密的倉庫做買賣據點。

牛販仔宋和萬成的父親添財是舊識，萬成家的幾頭水牛都是牛販仔宋介紹買來，他也兼做牛隻配種及仲介牛犢的生意，直到萬成做起亞米仔貨買賣，透過鰗鰡介紹，才知道原來他也會偷宰牛隻，雖然他說是病死牛，但新鮮的牛肉和病死牛的肉，萬成怎麼會分不出來？今日清早，牛販仔宋就載來一布袋宰殺好，仔細用幾層油紙包妥的小牛肉來，萬成隨即給櫻花食堂的林桑打電話，林桑早就吩咐如果有鮮牛肉就通知他，他會派人來拿，當倉庫門響起叩三下，停頓一下，又叩兩下的暗號，萬成立刻去開門，當他看見來人竟然是空卿時，不禁愣在當場。

「成仔舍？原來賣亞米仔貨的頭家是你？」空卿顯然也很意外。

萬成探頭看看外面，確定沒人跟蹤，趕緊將他拉入門內鎖好門，訝異的問：

「你哪會知也這個所在？」

「是林桑叫我來提牛肉，我今嘛佇伊遐兼差。」

萬成了解的點頭，把準備給林桑的牛肉交給空卿，收下他帶來的錢，再慎重交代：

「以後出入這要特別細膩知否？若是出事大家攏有代誌。」

「知啦！」空卿笑嘻嘻的回答，說了一句戲詞：「馬無餉草袂肥，人無橫財不富。」

空卿離開時又轉達林桑想買香腸，萬成等阿明和鰗鰡來把剩餘的牛肉拿出去交貨後，把倉庫的門鎖好，騎上腳踏車回家。

養女阿妙正蹲在埕尾的榕樹下刮大鼎的黑煙，見到萬成騎腳踏車回來，只略微抬頭看了一眼，默不作聲的又繼續埋首工作。

萬成將腳踏車停放在三合院的右邊伸手屋簷下，他先回頭確認阿妙有沒有在注意他，又四處走動巡視，確定不見其他人影，才溜進堆放農具的柴間取了一只茄苴，直奔後院埋藏甕缸的位置，那上頭有時會放一個竹簳仔曬花生或豆子，有時會故意堆放雜物。埋在土裡的四個甕缸口用牛皮和油紙覆蓋防潮，周圍灑石灰防爬蟲，上面再壓上木板，這是他母親金枝最得意的傑作。

他像隻老鼠般從四個甕缸裡各偷出一些香腸和醃肉放入茄苴，再仔細的將現場復原，他先回房間待著，偶而探察一下阿妙的動靜，見她刮好大鼎的黑煙灰，端著大鼎走入灶間準備煮午飯，他立刻趁這時機，提著茄苴跛腳直奔停在屋簷下的腳踏車，將茄苴放入後車架上的一個木箱裡，綁好繩子跨上腳踏車，屁股一扭一扭的疾踩腳踏車衝出自家院埕，臉上浮出一抹得意的笑容。

近午大家紛紛從田地下工回來吃飯午休，等日頭弱些才又下田去做穡，阿妙趁著家裡無人的時候，用收集起來的黑煙灰和水，搓染她為阿良縫製的棉布袋衫。過去她也曾為阿良做過布袋衫，那是用裝稻穀的麻布袋做的，因為有破洞要丟棄，她就揀來縫製，雖然無法保暖，在冬天霜風冷颼颼的早晨，還是能抵擋一些寒冷。而這個裝麥麩的棉布養豬飼料袋，是她苦苦向頭家娘金枝求來的，名義上她是金枝和添財的養女，實際是他們買來的女婢，她從八歲就被貧窮的親生父母賣給邱家，說好二十歲讓她可以回家嫁人，因為日本政府禁止買賣奴僕，所以她被登記為養女，也叫他們阿爸、阿母，但是從未得到養家的疼惜，心直口快性子又急的金枝更是動輒打罵，讓阿妙總是像一隻驚惶的小貓一樣，不時緊張的弓著身體。

阿良大她一歲，同樣因為家貧來邱家做長工，混三頓飯吃和一點微薄的酬勞。十八歲的阿良像一頭水牛公一樣黝黑精壯，兩人常偷偷交換愛慕的眼神，偶而他會採些野花，遠遠放在她的視線內再若無其事的走開，或者偷偷放在豬椆門邊，因為他知道她每天早晚都會去餵豬，日子雖然過得很辛苦，因為有阿良的存在，心中就有溫暖和希望。

她將染成灰色的棉布衫吊掛在後院的菜瓜棚上晾曬，傍晚金枝先回到家，去後院摘菜瓜要供晚餐煮食，看見那件布袋衫問阿妙說：

「妳做彼領衫欲予誰的？」

阿妙不自在的囁嚅著回答：「想欲揣一工返去阮兜看阮老父。」

金枝沒說什麼，阿妙確實也很久沒回她家了，想放一天假也不過分。

邱家吃飯分成兩桌，主人家一桌，下人一桌，當晚吃飯時，阿妙趁別人不注意，向阿良使了一個眼色，等眾人都上床休息，兩人才偷偷去豬椆相會。

「這領衫予你，暫時莫穿，下晡頭家娘看著問我做欲予誰的，我騙伊講欲予阮老父的。」阿妙拿棉布衫給阿良，特地交代說。

「咱兩人相意愛，是焉怎驚伊知？妳也毋是個飼的新婦仔啊！」阿良不解的反問。

「我是個的養女，佇二十歲進前，我是無法度家己做主張的。」阿妙無奈的回答。

阿良牽起她的手，將她拉近身邊，低頭看著她微仰的臉龐，兩人在昏暗的月光照射下，眼神炯炯的互望著彼此。

「等到妳二十歲了後，咱就離開邱家，這世人無妳我毋娶。」

阿妙點點頭，也肯定的說：「這世人無你我嘛毋嫁。」

阿良低頭吻住她的嘴，她只沉醉了片刻，便慌張的推開他，心臟狂跳的快步離開，從側門悄悄回房間。

兩天後的黃昏，金枝去後院打開甕缸，想拿一塊醃肉出來炒給添財配酒，立刻發現四個甕缸都有短少的情況，她不動聲色的去灶間問阿妙：

「妳敢有返去看恁阿爸？」

「猶未，我若欲返去，會先佮阿母妳講。」阿妙坐在灶間的矮凳上折菜豆，有些疑惑的抬頭看一眼金枝，她有再大的膽，也不敢未經養母同意就擅自回她家去。

「敢焉爾？」金枝冷笑著，嚴厲的怒喝：「去佮妳做的彼領布袋衫提出來予我看。」

阿妙愣了一下，神情轉為驚恐，訥訥的說不出話來：

「我……我……。」

「妳焉怎？講袂出來矣對否？」金枝抄起門邊的一支竹掃把，不由分說的就朝阿妙的身側抽打。

阿妙發出疼痛的尖叫，縮著身體跪地哭問：

「阿母！妳是焉怎欲扑我？」

「我扑妳焉怎妳會毋知？妳閣欲假仙呢？」

「我真正毋知啦！阿母！我是做毋對啥？」阿妙邊回答邊哀嚎，卻只敢縮手縮腳閃躲，不敢想要逃跑。

剛從田裡回來的萬順，聽見阿妙的哭聲，匆忙跑進來攔住母親：

「卡桑，妳是焉怎在扑伊？」

金枝停下手，喘著氣憤憤的說：「我扑伊腳手賤啦！飼鳥鼠咬布袋。」

阿妙神情有些茫然，淚眼迷濛的辯駁：「我無腳手賤啊？」

「妳閣敢諍？我今仔日若無予妳青俅青俅，妳是無在佮我信礻壽。」金枝又舉起掃把要打阿妙，但萬順卻用身體擋著她。

「卡桑，伊都講無，妳要佮代誌講清楚，袂行得焉爾誣賴人啊！」萬順義正詞嚴的對金枝說。

金枝冷冷的質問兒子：「你是相信伊講的話，無相信我？」

萬順無奈的解釋：「話毋是焉爾講，代誌總是有是非曲直，要講予清楚啊！」

「好啊！欲講清楚就來講。」金枝丟下掃把，一手插腰，一手指著阿妙質問：「妳彼日做一領布袋衫曝在後面的菜瓜棚，講欲提返去予恁老父，是毋是順續佮我偷提醃腸佮肉乾提返去恁兜？」

阿妙聞言猛搖頭，急切的否認：「我無偷提物件，我嘛無返去阮兜。」

金枝用銳利的眼神瞪著她，追問說：「哪焉爾，妳做的彼領衫咧？」

阿妙無法回答，只是一再搖頭辯解：「我真正無偷提，我嘛無返去阮兜。」

「妳若無返去，彼領衫提去佗位？」金枝逼問。

「我真正無偷提物件。」阿妙無助的流著淚，雖然委屈，卻不敢說出實情。

「彼日大家攏佇田裡做工缺，干單妳佇茨裡耳耳，妳嘛有去後面曝衫，毋是妳偷提的欲賴誰？」金枝越說越氣憤。

萬順見她一副有苦難言的模樣，看來是有什麼隱情才說不出口，便開口幫忙釐清當天的情況：

「彼日除了妳以外，敢有別人返來過？」

阿妙認真的想了一下，怯怯的開口說：「彼早起我佇埕尾刣黑煙的時陣，大少爺有返來一下子。」

金枝的臉色變了一下，仍態度強硬的指責：

「妳今嘛是想欲佮代誌推予伊是否？」

阿妙低頭跪著，不敢回話，萬順婉轉勸母親說：

「等大兄返來，問予清楚再扑算，天欲暗矣，予伊趕緊煮飯，才袂未赴大家食暗頓。」

金枝看了阿妙一眼，冷冷的丟下一句：「猶毋趕緊去煮飯？」

說完立刻把萬順推出灶間，母子一起去到大廳，她用懷疑的眼光盯著他問：

「你是毋是偷偷在佮意阿妙？」

萬順有點臉紅的避開母親的視線，不自在的回說：

「我哪有啦？」

金枝趁機告訴他：「上好是無，阿妙雖然是養女，我並無按算欲予伊做咱兜的新婦仔，伊只是咱兜的查某嫺耳耳，恁大兄佮酒家女做夥已經有夠卸世眾，你娶的某一定要佮咱門當戶對，予阮有面子才會行得。」

萬順沉默不語，表情有些沉重。

當晚吃飯時，阿良看見阿妙手臂上的瘀痕，眼裡充滿怒火，卻也敢怒不敢言，只能憤恨的在金枝背後瞪視她。

萬成總是在吃飯的時間才回來，因為月嬌夜晚要上班陪酒，所以他才會乖乖待在家。

金枝直到睡前才去萬成房間找他問話，用單刀直入的方式套他：

「你彼日返來茨偷提醃腸佮肉乾，攏總去賣偌濟錢？」

萬成嚇得從床鋪坐直起來，訥訥的反問：

「妳哪會知？」

金枝抬起手，連打了他肩膀數下，因為手痛才縮手，恨恨的罵著：

「我哪會飼著你這隻大隻鳥鼠，專門咬破茨裡的布袋？」

萬成躲縮著，不高興的嘟囔：「好矣啦！扑我妳家己手袂疼喔？因為有人吩咐，我當然要想辦法供應啊！」

金枝又生氣的狠狠拍打他兩下：「有人吩咐你就返來茨裡挖物件？你哪毋去挖大肥？」

「大肥無人欲要啊！偌無我嘛會叫人去挖。」萬成認真的說。

金枝被他的話堵得無言以對，只能重重嘆了一口氣，勸他說：

「你敢會使好好做人，安分守己過日子？」

萬成帶點自暴自棄的語氣回答：「我也無好腳好手，是欲焉怎做好人？」

「你就是做閒人，也袂枵死，何苦去行險路？賣亞米仔偌去予官廳查著，一定會予人修理佮晶爍爍。」金枝擔憂的提醒他。

萬成胸有成竹的向母親保證：「安啦！偌萬一予人查著，會死道友袂死貧道啦！」

自從被空卿屎彈轟炸過後，保正黃泰山每次要去蹲茅廁時都小心翼翼，甚至到疑神疑鬼的地步，連在廁所裡也常透過門板上的縫隙東瞄西看，就怕空卿那隻瘋狗看見他就想報復。發生在空卿家的事真的是一場意外，會去他家突擊檢查也不是他刻意找麻煩，純粹是他們運氣不好，因為總督府有通告，要求各地方派出所加強督導各項皇民化政策，除夕過年前保正須陪同所長到處巡查，他們就這樣轉進空卿他家，看見他家的祖先牌位擺在神宮大麻前，引起石原所長震怒，叫他家最年長的長輩站出來，用力甩了一個耳光，誰料想得到他祖母那麼不經打，沒站穩頭去撞到桌角，就這樣一命嗚呼，能怪誰呢？

黃泰山和空卿的父母同在北港番簽市做批發買賣，因為想要做番簽市的市長，以掌控番薯簽買賣的漲跌，所以他才自我推薦願意擔任保正一職，經過公家機關的審核而應聘。日本政府治理台灣的策略沿用清朝的保甲制度，每十戶為一甲，由居民推選一個甲長，十甲為一保，設一個保正，甲長和保正都是無給職，只提供一個保甲事務所，配置一個專職的保甲書記，協助執行地方行政事務，例如戶口調查、警戒颱風水災、搜查土匪、預防傳染病、修橋鋪路等，甲內居民如有犯法行為，保甲還要負連坐責任，若非貪圖能獲得什麼好處，或想要狐假虎威以建立自己在地方上的影響力，一般人不會想要承擔這個職務。

從番簽市往保甲事務所的路上，黃泰山開始有些屎急，大概早上吃太多蒸番薯，響屁連連，肚尾有些微疼，他怕來不及去上事務所的廁所，於是往旁邊的小巷走進去，想找一間路邊的茅廁，結果拐了幾個彎，突然看見巷底有個熟悉的人影牽著腳踏車站在一處門前，敲門等待，然後有人來開門讓他進去，那個人正是他的冤家死對頭空卿。

他立刻忘了想拉屎的感覺，全神貫注於觀察那裡的動靜，他悄悄靠近那間倉庫，繞到後面才找到一個可以窺探裡面情況的縫隙，原來這裡是一個亞米仔貨的大本營，他急匆匆的趕往派出所密報，帶著石原和兩位巡查補來查緝，但無論他們如何敲門，就是無人應門，而且門是鎖住的，石原吩咐巡查補破門而入，空卿已經不見人影，只有鰗鰡躲在一個櫃子後面，嚇得臉色青損。

「其他的人咧？」黃泰山四處張望，大聲喝問。

「干單我一個人耳耳。」鰗鰡害怕的縮著身體蹲在地上。

「你胡白講，明明猶有其他的人。」

「無啦！」鰗鰡頭低低的回答，不敢供出已逃到有暗門相通的隔壁間躲藏的萬成。

鰗鰡雙手被巡查補綁在背後，像牛一樣被牽往派出所，賣剩的一塊豬肉變成證據，石原所長故意採取殺雞儆猴的手段，讓他跪在派出所前，連雙腳都從腳踝綑綁，公開審判他：

「來買豬肉的有誰？名字通通說出來。」

因為萬成有交代，出事後得由他當人頭，給他家耕種的田地才能繼續租用，也不能供出買貨的商家，所以鰗鰡推說：

「我佮一個無熟識的人買這塊豬肉，想欲趁淡薄仔所費，猶袂賣予別人，就予恁掠著矣。」

「八格野鹿！」石原憤怒的踢了他一腳，鰗鰡仆倒在地上，整張臉趴著吃土。

周圍開始站滿議論紛紛的民眾，萬成也悄悄出現在人潮裡，他難免有些擔憂鰗鰡會供出名單，但事關他們一家老小的生計，相信他應該不敢亂說話。

兩個巡查補各搬出一根手臂粗的長竹竿，一根從他被綁在背後的雙手脇下穿過橫在脊背，一根橫在他跪著的小腿肚上，他就像一隻待宰的豬隻，被兩個巡查補用竹竿架著，由另外兩個巡查補站在橫過小腿肚的竹竿兩端，像擀麵糰一樣不斷施力擀動竹竿，鰗鰡發出淒厲的哀嚎，眼淚鼻涕齊流的求饒：

「大人啊！我後擺毋敢矣！阿娘喂~我的腳骨會斷去啦！大人饒命喔~。」

「你還不說實話？」石原沉著臉，用日語冷酷的問。

「你猶毋講實在話？去買賣的猶有誰人？誰佮你是同黨的？」黃泰山充當翻譯質問他。

鰗鰡瞄了萬成一眼，咬牙堅忍回說：

「真正無啦！我無同黨的啦！」

黃泰山把鰗鰡的話轉達給石原聽，石原立刻狠狠抽了他一馬鞭，再度罵了一句：

「八格野鹿！」用凌厲的眼神示意巡查補繼續施以酷刑。

在鰗鰡哀爸哭母的淒厲嚎叫聲中，千惠站在遠遠的角落裡，眼神惶恐的看著派出所前的景象，石原冷酷的這一面，是她未曾看見過的，她心目中的他，是跟著慈愛病院的院長乃木太郎夫妻一起來家裡做客，那個彬彬有禮，和她說話語氣特別溫柔，臉上總是掛著淡淡笑容的日本青年。

千惠是幫母親出來辦事才看見這一幕，她不忍心再繼續看下去，懷著一抹哀傷的情緒轉身離去。

五

千佳的心情彷彿隨著月亮的陰晴圓缺而變化。

因為母親特別為他們準備滋陰補陽的藥膳，從行房那天開始，她就期待著能懷孕成功，她和博文結婚兩年多了，陳家三代單傳，她深知自己肩負著傳宗接代的使命，剛開始是一個月等過一個月，後來是一年等過一年，一次又一次的落空曾讓她暗自哭泣過許多回，她的母親也為她費盡苦心，經常帶她尋訪名醫調理身體，以前她得結核病治癒後，身體變得很虛弱，母親為了幫她補身熬燉的藥膳，還得苦苦哀求她才肯吃下一些，婚後為了懷孕，她毫不排斥的喝下一碗又一碗苦澀的中藥湯，換來的卻還是一場空。

她將昨晚換下的月經墊及沾到經血的褲子放在臉盆中，端往灶間、浴間、吃飯間相連的右側旁廳，聽見滿福嫂和阿菊在灶間的談話。

「咱少奶奶的月經閣來矣，看伊像一蕊花蔫去同款，一點仔精神佮笑容都無，予人替伊足艱苦。」阿菊嘆氣的告訴滿福嫂。

「是啊！這擺看伊特別期待，月經嘛慢來幾落工，以為有希望，結果猶是失望，毋單伊家己心內艱苦，我看連頭家娘都心情沉重。」滿福嫂的語氣也充滿惋惜。

「咱頭家、頭家娘做人攏赫好，天公伯哪會無佮個保庇？」阿菊有些不平也不解的問說。

「有囝有囝命，無囝天註定，哪有啥法度？」

「偌一直攏生無，陳家的香火無人繼承，欲焉怎才好？」阿菊主動替主人家煩惱著。

「這種情形，有足濟解決的辦法，就看少奶奶敢有辦法接受。」滿福嫂淡淡的回說。

「啥物辦法？」阿菊好奇追問。

「看是欲去抱一個養子返來飼，猶是予咱少爺去外口生一個再抱返來。」

「妳是講借腹生囝？」

「借腹生囝總比娶細姨較好，就是有人驚予翁娶細姨，豆油分人搵連碟仔攏捧去，所以歸氣予家己的小妹嫁入來，至少家己刣趁腹內。」滿福嫂評論著。

千佳一顆心像針刺，她默默轉身回房，將臉盆放回架上，神情落寞的走進書房。

她拿出幾張草稿畫作上色修飾，那是根據上次博文帶回來送她的牡丹盆栽所畫，畫面呈現的構圖是一株牡丹盛開在假山上，襯著幾叢花草和魚池，她將白色牡丹改塗上鮮血似的大紅，既顯得豔冠群芳，也有幾分孤傲卓絕。

她想起那天兩人間的對話，博文看著這幅畫作稱讚說：

「妳畫圖的功夫愈來愈好矣。」

「平常無代誌做，就是看冊佮畫圖耳耳，畫來畫去，也揣無啥物新鮮的題材倘畫。」

「毋閣妳佮牡丹畫來種佇石頭頂，有淡薄仔脫離現實。」博文提出批評。

「焉怎講？」她難掩心裡的一絲不悅。

「牡丹種佇石頭頂欲哪會活？按這幅圖就看會出來妳是一個千金小姐。」博文笑著說。

她拿起桌上畫失敗揉成的紙團丟他，嬌嗔的笑罵：

「你較敖，換你來畫。」

「好，我來幫妳畫一幅人像。」博文技癢一口答應。

她拿起博文為她畫的那幅人物寫真仔細端詳，他擅長畫油畫，畫圖一直是他們夫妻間共同的興趣，畫中的她坐在靠窗的椅子上，鬢邊插著一朵盛開潔白的牡丹花，白皙的臉龐只有唇色朱紅，帶著一抹若有似無的微笑，嫵媚的眼神彷彿洩露了昨夜的纏綿。

「你這爾敖畫圖，應該做畫家，歸氣莫去醫學院讀冊矣。」千佳曾經這樣消遣過丈夫。

「我同時做畫家兼做醫生敢毋好？」博文一派輕鬆的說。

她嘆了一口氣，捲起丈夫的畫作，決定拿去裱褙。

博文再次從學校回來，那幅畫作已經裱好掛在書房的牆壁上，他很得意的看著自己的作品，開玩笑問她：

「我已經會當去路邊擺擔替人畫像矣對否？」

「對，尚好莫閣返去學校讀冊，咱逐工守做夥，看會較緊孵有卵否？」千佳未經思考脫口而出，隨即紅了臉。

博文笑看著她不說話，千佳反而困窘起來，伸手搥打他：

「你是在笑啥啦！」

博文捉住她的手腕，將她抱入懷中，低頭輕吻她的嘴唇。

「想翁也無啥物倘歹勢。」

千佳把臉龐埋在他的胸膛前，歉然低語：

「失禮，這擺閣予大家失望。」說完，眼淚忍不住從眼眶滑落下來。

博文伸手抬起她的下巴，深情的望著她問：

「何必會失禮？這也毋是妳的毋對。」

她搖著頭，搖落一串淚珠，越哭越傷心。

「我真正足想欲幫你生一個囝，替恁陳家傳宗接代，毋閣一直無法度如願，若予恁陳家因為我斷香煙是欲焉怎？」

博文抱緊她，感受到她內心沉重的壓力，卻也無可奈何，他的母親就曾私下問過他，如果千佳一直無法生育，是不是要考慮去外面生一個？

「卡將，妳的意思是叫我娶細姨？」他驚訝的問母親。

玉枝神情也顯得有些為難的說：「以咱佮親家個兜的關係，你佮千佳的感情閣赫爾好，娶細姨干偌有一點仔講未過，我看是用借腹生囝的方式較有譜。」

「卡將，阮猶閣少年，妳毋免這爾著急欲抱孫，敢袂行得加予阮一寡時間？」他收斂住不耐煩的語氣，盡量用溫和的態度要求母親。

面對在他懷中傷心哭泣的千佳，博文只能輕撫著她頭頂的秀髮，安慰她說：

「莫想赫爾濟，咱順其自然就好。」

當天是千佳母親的生日，博文陪千佳回娘家吃晚飯，他們提前出門坐阿興踩的三輪車，去銀樓買了一條金項鍊當禮物，千佳的娘家是一棟與病院後門相連的日式建築，當初她父親從日本學成歸國，決定回北港開業時，由她母親娘家資助興建，病院部分則是採西洋巴洛克式兩層樓房設計。

受邀來參加生日宴會的，還有慈愛病院的院長乃木太郎夫妻和石原所長，乃木院長是伯元東京帝國大學醫學部的學長，對病患認真負責的態度讓伯元十分敬佩，因而邀請他來擔任慈愛病院的院長一職，他自己則退居為副院長。十年前剛來到北港工作的乃木，對於居民缺乏飲食衛生的知識非常介意，常常主動去巡視病患的家，指導他們改善衛生條件，隔絕污染病源，獲得地方居民一致讚許。

在台灣的日本人有屬於他們的居住社區，乃木一家和派出所所長石原是鄰居，不到三十歲的石原康郎是家道中落的日本貴族，神態間總是帶著一股高傲疏離，對人禮貌而冷淡，因為知道他孤身一人來台灣，熱心的乃木太太伊藤幸子才特別照顧他，自然也就與伯元一家常有私下相聚的機會。

「歡迎，歡迎。」

伯元和美慈一起去應門迎接客人，千佳、千惠、博文、承杰也都在玄關列隊歡迎。

幸子做菜的手藝很好，常託朋友從日本帶回道地的調味料與食材，今晚她也帶來兩道菜，烤味噌魚和薑汁燒肉，她特別介紹說：

「這是用真正的信州味噌醃漬的哦！」

「謝謝！」美慈接過幸子帶來的食盒。

「打擾了！」石原則帶來一瓶日本清酒，千惠幫忙接過酒瓶，與石原視線相對時，不由自主的心跳加速，微笑道謝時臉紅耳熱起來。

千佳回娘家是客，所以和博文上桌跟大家一起坐，千惠和承杰都在廚房幫母親的忙，家裡雖然有幫傭，宴客時美慈還是寧願親自做菜，即便她今天是壽星。

「大家不要客氣，請開動吧！」美慈端上一鍋香菇雞湯。

「今天是妳的生日，讓妳這樣忙碌怎麼好意思？壽星要來坐下，我們才能開動啊！」幸子笑著說。

千惠為大家擺上小酒杯，用日語對母親說：「卡將，剩下的事交給我就好，妳坐下來吧！」

「好吧！大家應該都餓了，我們準備開動吧！」美慈在伯元身邊坐下來。

石原打開清酒的瓶蓋，為大家的酒杯都斟上酒，舉杯向美慈祝賀：

「祝妳永遠健康美麗！」

大家紛紛舉起酒杯向美慈獻上祝福。

林家的大門邊掛著「國語家庭」的標誌，所以大家全部都用日語交談，杯觥交錯間，伯元彷彿又回到他在日本讀書時，到老師家做客的情景。

「學長，你記得在東京時，每年老師生日，我們都會去老師家慶生，老師總是一再提醒我們，不可以忘記醫生要以救人性命為先，不論是敵人還是自己人，這就是人道精神。」

乃木微笑點頭，神情帶著一絲疑惑的接口：「當然記得，但是你認為有可能嗎？我們都沒有上過戰場，在敵對的狀況下，真的還能發揮人道精神嗎？」

「如果是這樣的話，那又何必發動戰爭？戰爭不就是為了打倒對方取得勝利嗎？」石原用不帶情感的語氣加入話題中。

千惠送上一道炒茄子，若無其事的打量石原一眼，那天在派出所前的那一幕，還深深烙印在她的腦海中。她一直偷偷的喜歡著石原，在街上只要看見他穿著警察制服的身影，尤其是騎在馬上英姿煥發的模樣，就莫名其妙的心跳加快，只要被他看一眼，就會面紅耳赤，手足無措。她從來沒有想過他們是不同階層的人，直到那天看見他用嚴厲的手段凌虐一個人，一個台灣百姓，她才認真思索一個問題：在石原面前，她是台灣人還是日本人？就算是日本皇民，終究還是次等國民吧？

乃木神情嚴肅的回答：「戰爭是充滿野心的軍事首領發起的，我們醫生的天職是要救人，生命不分種族階級，都同樣寶貴。」瘦削的臉上有一股正氣凜然。

博文主動提起：「下學期起，我們也要開始實習，指導教授有在詢問，看誰願意前往戰地當實習醫生，報效國家。」

千佳睜大眼睛轉頭看著丈夫問：「你不會想去吧？」

「有機會可以報效國家，是身為皇民的光榮。」石原傲然說。

「能去戰地實習，經驗會更加豐富。」乃木倒是不反對。

「你母親知道恐怕會昏倒。」美慈態度保守的提醒。

「我知道父母一定會擔心，所以雖然有些想去，還是不敢貿然報名。」博文苦笑。

「你知道就好。」美慈似乎鬆了一口氣。

乃木院長夫妻和石原酒足飯飽離去，換千惠和承杰上桌，完全是自家人的場合就回復用台語交談。

「我看日本政府一直在鼓勵咱台灣青年加入戰場，這場太平洋戰爭，看來局勢並無好。」伯文有些憂心的說。

「你是毋倘想欲去戰場實習，你是茨裡的孤囝，陳家香火猶未傳，規家攏向望你一人。」美慈不放心再次交代。

承杰跟博文開玩笑的接了一句話：「焉爾趕緊叫大姊生一個來傳香火，尼桑你就會當去矣。」

千佳立刻垮下臉，瞪著承杰說：「你以為生囝是在生雞卵呢？」

承杰吐了一下舌頭，不敢再多說。

千惠轉移話題，充滿興趣的問博文：「尼桑！你敢有聽講台北私立女子高等學院欲改制的代誌？」

博文點頭回答：「有啊！講是男性教師因為被徵調參加戰爭，教師人數嚴重不足，所以同意將學校改制為私立台北女子專門學校，欲培養教師人才。」

「我有同學想欲參加考試，我嘛想欲報名。」千惠用充滿希望的眼神看著大家。

她自台南州立虎尾高等女學校畢業後，一直在慈愛病院幫忙掛號及處理事務，能有機會繼續讀書深造，她內心非常期待。

「我反對！」千佳語氣嚴厲的說。

所有的人都被千佳的反應嚇了一跳，氣氛變得很尷尬。

「妳為什麼欲反對恁小妹繼續讀冊？」伯元冷靜的詢問。

「伊欲讀佗一間學校我攏無意見，就是袂當去台北讀冊。」千佳用近乎任性的語氣回答。

「為什麼我袂當去台北？」千惠委屈得眼眶含淚，看著自己很敬愛的大姊。

在千佳未生病前，她們姊妹的感情一直很好，常常一起玩扮家家酒，姊姊會教她讀書、鈎毛線衣，會幫她編頭髮，後來千佳因為得結核病會傳染，父親讓她在外面療養了一段時間，回家後千佳的性情就變了，變得驕縱孤傲，難以親近。父母親都要求她和承杰姊弟倆要體諒千佳，而她對姊姊生病的事也深感不捨，所以對千佳喜怒無常的情緒反應，她向來很包容，只是她真的不知道自己做錯了什麼？姊姊為什麼會對她充滿敵意？

「我就是毋要妳去。」千佳雙手抱胸，沉著臉說。

「妳焉爾未免尚霸道。」博文不悅的責備。

丈夫的話就像一根火柴，引爆千佳心中所有的鬱悶，她歇斯底里的對他怒吼：

「你足愛伊去台北讀冊呢？恁姨仔、姊夫倘好常常見面，常常做夥，成雙成對較有伴。」

「妳講這是什麼話？我哪會聽無妳的意思？」博文也動怒起來。

「你逐擺若看著伊，兩個人攏有講有笑，恁敢知也我的心內有偌未爽快？」

「咱是一家人，有講有笑敢毋對？」

「我知也恁攏無毋對，是我家己心理的問題，但是我就是會食醋，會怨妒，因為我袂生，我驚恁會日久生情，我無想欲像別人焉爾，姊妹同嫁一個翁。」

千佳從生氣說到最後失聲痛哭，對於她說出來的心內話，大家都感到有些錯愕。

「阿姊，失禮！」千惠站起來說了一句道歉的話，伸手掩住嘴裡發出的啜泣聲，往外面跑出去。

夏天即將來臨的夜晚，微風涼爽的吹拂著，千惠流著淚走在有路燈的街道上，多年累積在心中的委屈，彷彿都在今天宣洩出來，過去她一直小心翼翼想討姊姊歡心，一直以為一定是自己做錯了什麼，才會惹姊姊不開心，從來都沒想過千佳內心有這麼複雜的情緒，她的淚是替姊姊流的，感覺姊姊真的很可憐。

哭過了，淚被風吹乾了，千惠轉身想往回走，卻一頭撞上一個男人寬闊結實的胸膛，她發出一聲輕呼，本能的直接用日語道歉：

「對不起！對不起！」

「千惠小姐在想什麼呢？」石原帶著微笑，語氣溫柔的問。

千惠倒退一步看清楚石原的臉，更加手足無措起來。

「石原先生，怎麼會在這裡遇見你？」

「在妳家吃太飽，出來散步一下。」他沉吟的看著她剛哭泣過的臉，邀請她：「千惠小姐似乎心情不好，要去我家裡喝茶嗎？」

千惠明知道女孩子要矜持些，卻還是抵擋不住想去他家裡看看的衝動，點頭答應，跟著他走回日式建築宿舍。他把住處打掃得很乾淨，客廳裡有滿滿兩大書櫃的書，千惠興奮的看著那些外國文學名著，還有日本國內知名作家的作品。

「原來石原先生也喜歡文學作品。」

「自己一個人，只好與書為伴。」石原走進廚房泡茶。

他的書櫃上還擺著一個裝全家合照的相框，相片中的他大約只有二十歲的學生模樣，裡面有他的父母和兩個弟弟，一個妹妹。另外一個相框是一張他與一位美麗的小姐，站在櫻花樹下的合影，穿著警察制服的他格外挺拔。

「這是石原先生的女朋友？」她對來到身後的石原問，心中有一絲異樣的感覺。

石原看著照片，語氣滿是遺憾與懷念的回答：

「我來台灣第二年她就結婚了。」

千惠先是鬆口氣，後又有些尷尬，像無意間窺探到石原的隱私，只好用誇張的語調同情他說：

「石原君好可憐喔！被女朋友拋棄。」

石原聳聳肩，淡然說：「這也是沒辦法的事，我們來喝茶吧！」

「我可以借幾本書回去看嗎？」

「沒問題，隨便妳挑。」

博文和千佳坐在三輪車裡要回家，兩人都沉默不語。千佳發洩完情緒，一副洩氣的模樣，博文則神情凝重的直視著前方的夜色。

「你猶在生氣？」千佳怯怯的開口。

博文嘆了一口氣，牽起千佳的手握著，勸說：

「我知也妳為著欲生囝，心內有足大的壓力，但是妳用焉爾的態度去對待妳的小妹，是毋對的。」

「失禮啦！我真正驚恁兩個人行尚近會出代誌。」千佳不敢說出她從滿福嫂那裡聽來的事。

「妳莫焉爾胡白想，若無早慢會起痟。」博文警告她。

「好啦！」千佳把頭倚在丈夫的肩上，內心無比清楚，她的愛是不容與人分享的。

榕樹王庄的蔡家，因為有忠的病日益沉重，全家陷入一片愁雲慘霧。有義去南洋做軍伕，家裡做穡缺幫手，有時連阿春都要下田工作。這天下午土水高興的從外面回來，手上提的茄苳裝了兩尾剛釣到的活鯉魚，忙著去灶間用水盆養著，等圓仔和媳婦從田裡回來，再宰殺熬魚湯給兒子補身體。

有忠牽著永隆的手從房裡緩緩走出來，扶著廳門倚站著，鼓脹的肚子與泛黃如鹹菜的臉色，顯見病已沉痾。

土水走向大廳，看見兒子，歡喜的告訴他：

「今仔日運氣袂歹，釣著兩尾鮘仔魚，閣足肥的。」

有忠像獻寶一樣對土水說：「多桑，阮囝會曉講話矣，來，永隆，你叫阿公，阿～公～。」

永隆立刻跟著父親用童稚的聲音叫阿公，土水過去將他一把抱起，誇獎說：

「永隆真乖，真巧，以後一定足敖讀冊，會當做一個敖人。」土水心中浮起一陣酸楚。就快要失去父親的孩子，未來該怎麼辦？靠他們兩個老的有能力栽培他嗎？

看有忠一副站得很吃力的模樣，土水放下永隆讓他自己玩，搬出椅條和兒子一起坐在屋簷下，等兩個女人下田回來。

「有義去南洋才寫一張批返來，也無講啥物時陣會當返來，我毋知猶閣會當看伊一面否？」有忠語氣滿是悲傷。

土水聞到從兒子口中散發出來的阿摩尼亞臭味，心痛得開不了口，只能沉默的凝視遠方的蔗田。

有忠叨叨絮絮的繼續說著：「以後有義若返來，請你替我拜託伊，幫我照顧個母囝，我這個做大兄的後世人再報答伊。阿春猶少年就守寡真可憐，請恁將伊當做查某囝疼惜，將來伊若是有拄著意愛的人，恁就予伊去改嫁。」

土水只是點著頭，淚水無聲的流。

「永隆這個囝仔算是歹命囝，細漢就無老父倘晟養，希望多桑會使想辦法栽培伊讀冊，莫予伊像咱同款攏是青瞑牛，一世人干單會曉做穡，汗流散滴嘛趁無幾仙錢。」

土水默默聽著有忠像交代遺言一般，老淚縱橫無法自己。

到「四月早」的那期稻子收割時，他已病得下不了床，阿春強忍著悲傷，日夜守在他的身邊照顧，但他卻不時記掛著田裡的事。

「咱的稻仔應該要割矣，妳無去田裡湊腳手，個兩個老的哪有法度做？」他一副意識混沌的模樣看著稻草覆蓋的屋頂，呢喃問道。

阿春用布巾沾溫熱的水，擰乾為他擦拭滾燙的身體，邊回答他說：

「庄內的人知也咱兜無腳數，大家攏會來湊參工，你毋免煩惱。」

有忠眼神茫然的點點頭，一會兒，又自言自語的說：

「好加在咱有參加粟仔會[1]，多桑才免煩惱棺材錢。」

阿春一聽到有忠提起粟仔會，眼淚立刻奪眶而出，卻只能偷偷無聲哭泣，永隆坐在有忠身旁把玩父親為他製作的陀螺，對世事無常變化一無所知。

三天後有忠已呈彌留狀態，土水拆下門板放在客廳中間，將有忠揹出來放在門板上，有忠嚅動著嘴巴，無聲的說著讓人聽不清楚的話，土水只好俯趴下來，把耳朵湊近到他嘴邊傾聽，邊回應他的話。

「你講有義偌返來欲焉怎？欲買牛喔？叫伊佮趁的錢提來買牛，咱兜就毋免赫爾艱苦。」

圓仔忍住悲痛交代他：「好啦！你安心行你的路，毋免煩惱赫爾濟，你千萬要會記得，後世人若欲投胎轉世，要揀一間門圈仔較大個的，莫閣予做穡人做囝。」

有忠嚥下最後一口氣，阿春揪著胸口的衣領拉著永隆跪在丈夫身邊，注視著他的遺容只是抽噎著，不敢放聲大哭，怕他會牽掛他們母子走不開，內心浮現〈雨夜花〉的旋律：

1 粟仔會是村民之間用於喪葬的互助會，有稻穀的出幾斗給喪家賣錢應急，沒稻穀的窮人就出男丁去幫忙抬棺材。

雨夜花，雨夜花，受風雨吹落地，
無人看見暝日怨嗟，花謝落土不再回。
花落土，花落土，有誰人倘看顧，
無情風雨誤阮前途，花蕊凋落欲如何？

*

美慈帶著千惠一起參加「愛國婦人奉公會」的活動，她們一群婦女站在街口，人人手持一條腰帶與針線，大聲對著路過的其他婦女用台語呼籲：

「各位婦女姊妹，阮是愛國婦人奉公會的人員，為著欲予咱的台灣青年去南洋參戰會當平安返來，所以發起繡千人針的活動，請大家來幫忙繡千人針，替這些英勇報國的志願兵祈福，希望大家攏會當平安勝利返來。」

照說美慈身為「國語家庭」的一員，公開場合必須要說日語，但是為了讓路過的婦女都聽懂，還是用台語大家比較聽得懂。

為了做示範，千惠先拿出一個五錢銅板繡在腰帶上，因為四錢與死線發音相同，可以代表跨越死線之意。

越來越多人跟著千惠的示範一起做，由於等一下會有一批要前往南洋的志願軍經過，她們還肩負著歡送會的責任，除了獻上腰帶外，還要一起唱一首用〈雨夜花〉的旋律，改寫的日本軍歌〈榮譽的軍夫〉：

紅色彩帶，榮譽軍夫，多麼興奮，日本男兒。
獻予天皇，我的生命，為著國家，不會憐惜。
進攻敵陣，搖舉軍旗，搬進彈藥，戰友跟進。
寒天露宿，夜已深沉，夢中浮現，可愛寶貝。
如要凋謝，必做櫻花，我的父親，榮譽軍夫。

因為有軍隊要經過，路口又有歡送會活動，石原帶領幾位派出所巡查補出來維持秩序，在人群雜沓中，他與千惠互相看見彼此，他微笑點頭示意，千惠也害羞點頭，少女情懷的舉動全看在美慈眼中。

六

農曆六月的炎炎夏日，空卿一早騎著腳踏車出門，後架上載兩個木箱及一個高腳板凳，準備找地方演紙戲賣蛔蟲藥，市場、廟口、車站是他最常出現的所在，今天他打算去一處由小廟改建的神社演出。

因為皇民化運動，台灣人沒有供奉台灣神靈的自由，除了少數因為佛教菩薩庇佑而僥倖保存的大廟外，其他小廟神壇都被迫改置神棚，改建神社，供奉日本天照大神，一般民眾家裡每年還要花錢向台灣神職會購買「神宮大麻」神符回家祭祀，空卿家就是因為配合政策，不得已將祖先牌位與原本供奉的媽祖分身神像藏在壁櫥裡，只在特殊節日才偷偷請出祭拜，卻因此造成祖母枉死。

皇民化運動強調的國族崇拜，也洗腦許多台灣青年走上戰場，為祖國效力，當然有一半原因也來自金錢待遇的誘惑。空卿眼看著越來越多的台灣青年被送上戰場，再也無法保持沉默，他必須喚醒民眾覺悟這是一場沒有意義，甚至是沒有希望的戰爭，於是他又繪製一批紙戲的圖畫，準備趁機宣傳日本在南洋吃敗仗的消息。

他來到神社旁邊的一棵大樹下，停妥腳踏車，取下板凳和置物箱放在地上，為演紙戲的木箱蓋上暗紅色的絨布，絨布上黏著「卡咪嘻巴咿」[2]的黃色日文。

許多路過的民眾經過神社都會駐足參拜，參拜方式為先點兩次頭，再輕拍兩次手，然後再點一次頭默唸願望，空卿也過去跟著依樣畫葫蘆的參拜，心裡默禱日本趕快戰敗，讓台灣人民可以回復平靜安樂的日子。

參拜完後，他開始向民眾大聲吆喝：

「來喔！來看卡咪嘻巴咿，今仔日欲搬演的是一齣西方的《梁山伯與祝英台》，就是《羅密歐與茱麗葉》的愛情故事，非常精彩感人，請大家過來免費觀賞。」

千惠早上吃飽飯後，有出外騎腳踏車運動的習慣，正好聽見空卿要演紙戲的開場白，因此停下來過去湊熱鬧，她心想莎翁名劇怎可錯過？

空卿的腳踏車前，很快聚攏一群等著看戲的男女老少，他掀開布幕，就著圖畫開始講述

[2] 卡咪嘻巴咿，日文かみしばい，即「紙芝居」。

莎士比亞的名劇，一對青年男女因家族仇恨而產生悲情苦戀，男主角意外殺死女主角的表哥遭到流放，女主角被迫要嫁給一位伯爵，為了要和心上人在一起，茱麗葉先服食假死毒藥，計劃醒來後要和羅密歐私奔，但是負責傳達假死消息給羅密歐的人未能及時趕到，讓以為愛人已死的羅密歐悲痛欲絕，不願獨活而選擇自殺殉情，茱麗葉醒來發現悲劇已經鑄成，相繼自盡，最後兩家人決定放下恩怨和好。

在觀眾正為這對戀人的悲慘結局嘆息時，空卿話風一轉，戲箱裡出現一幅台灣青年軍夫們，在南洋叢林被炸彈炸得肢離破碎的畫面，他用沉痛的語調對大家說：

「日本政府因為軍事野心受到美國經濟制裁，偷襲珍珠港發動太平洋戰爭，蛇欲吞象只會自取滅亡，是焉怎日本政府欲一直向台灣徵兵？是因為個開始節節敗退，需要閣較濟無知的台灣青年去為個的國家犧牲。」

空卿畫中出現一幅一幅日本戰機被擊落、軍艦被大炮擊沉的畫面，還有台灣父老收到被送回來的骨灰哀嚎痛哭的情景。

千惠看著空卿的圖畫，內心有股隱憂浮現，剛要出聲勸他趕快收起來，不要被巡查大人看見時，石原已經不知何時出現在人群外面，怒氣沖沖的推開眾人，衝過去一把抓住空卿胸前領口，將他從板凳上拖站起來。

「八格野鹿！」他狠狠朝空卿下巴揮出一拳。

空卿重心不穩，撞翻腳踏車，仆倒在車身上，立刻又被石原扯著衣服拉起來，再被用力甩了一下耳光。

千惠退縮到角落，掩著嘴震驚的看這發生在眼前的事件。

「你這個八格野鹿，予人掠著矣呴，搧動民眾反對政府，你閣諍無。」保正黃泰山在一旁冷笑說，細小的眼睛露出陰沉的精光，油滋滋的臉上滿是幸災樂禍的神情。

空卿嘴角泛出血痕，緊咬牙根不語，只是用仇恨的眼神輪流瞪視著黃泰山與石原。

「把他抓回派出所。」石原吩咐其他兩個巡查補。

千惠慌張的騎上腳踏車回家，她認識空卿，知道他是姊夫的好朋友。博文學校已經放暑假，每天都到慈愛病院充當實習醫生，當千惠來告訴他這個消息時，他立刻騎車趕去派出所，他沒忘記自己是空卿保證人這件事。

空卿所畫的那些被擊毀的戰機與軍艦上都有日本國徽，證據充分的攤放在辦公桌上，再也不容狡辯，石原正專注的看著那些圖畫，暫時把空卿關在鐵籠般的拘留室裡，還沒開始對他用刑。

見到博文走進派出所，保正黃泰山風涼的說：

「保證人來矣。」

石原從圖畫中抬頭與博文打了一個照面，他的神情十分冷峻，不同於之前在千佳的娘家同桌吃飯時的平和。

「陳桑，請你過來看看這些圖。」

博文看了一眼那些畫，又看了關在鐵籠裡的空卿一眼，空卿因為知道拖累了他而羞愧低下頭。

「石原所長，這件事情該如何處理？我的朋友只是表達他個人的意見，這樣有犯什麼法嗎？」博文努力控制語氣，盡量顯出不卑不亢的態度。

黃泰山叫囂的反駁：「教唆大家反對政府，怎會沒有犯法？」

石原露出不悅的表情，責備博文：

「陳桑，鼓動民眾反對政府，是屬於叛亂罪，論罪應該被槍斃，你身為保證人，恐怕也難脫責任。」

博文心頭一沉，又回頭看一眼空卿，空卿顯然也對事態的嚴重性感到恐慌，急切的對他說：

「博文，你莫管我，家己想辦法脫身較要緊。」

博文冷靜的向石原提出請求：「可以請你在審判前，不要對他用刑嗎？」

石原與博文互相深沉的對望著，最後終於點頭應允。

博文走近鐵籠前，低聲交代空卿：「你莫閣加講話，我會想辦法處理。」

「麻煩去阮兜通報一下。」空卿充滿歉咎的說。

空卿的父母來到陳家一起商量解決的辦法，同時也為自己的孩子拖累博文的事一再致歉。

「少年人毋知輕重，舞出這爾大件的代誌，真正毋知欲焉怎向恁交代才好。」空卿的父親林旺連連鞠躬道歉。

「坐啦！代誌拄著矣想辦法解決要緊。」進丁示意他們坐下來。

博文先對大家說：「我已經有拜託阮丈人，透過佮石原所長有私交的乃木院長，去試探看敢有會當私下解決的辦法否？」

「彼個黃泰山嘛是一個關鍵，聽講因為阿嬤的死，空卿對伊有足大的怨恨，常常藉機佮伊修理？」進丁想先瞭解一下兩人間的恩怨。

林旺與進丁差不多年紀，卻不像進丁是富商出身較斯文，他長期在市井中打滾，與同在番簽市做買賣的黃泰山算舊識，說起保正黃泰山這個人與他家的恩怨，他忍不住粗口幹譙：

「講著黃泰山這個禽牲，狗傍虎威，專門做抓扒仔就是為著欲予人烏紗，若無干單靠番薯簽買賣伊哪會好額？」

「若是肯予人烏紗，用錢解決就是矣。」進丁沉吟著說。

因為黃泰山與空卿家有恩怨，所以決定由進丁出面去協調。

入夜後進丁帶著金火一同去到保正家，憑陳家在地方上的名望，黃泰山自然不敢待慢，立刻奉上熱茶問候說：

「難得大頭家光臨寒舍，毋知有啥指教？」

「就是有代誌欲拜託，毋才會來揣你。」金火代替進丁直接表明。

「請問有啥貴事？」黃泰山一派輕鬆的反問。

「我是為著啥代誌來的，相信你真明白，咱就毋免浪費時間，我想欲請你幫忙解決這件代誌，因為阮囝是保證人，要負連帶責任。」進丁挑明了講。

黃泰山發出兩聲乾笑，也就順著他的話回答：

「派出所毋是我開的，彼個空卿是崁頭鰻毋知死活，伊欲自揣死路我有啥物辦法？」

「辦法是人想的，只要你有心欲幫忙，我相信就會有辦法倘解決。」進丁肯定的對他說。

黃泰山又乾笑兩聲，沉吟片刻才圓滑的開口：

「你是生理人，應該嘛聽過一句俗語，無錢講無話，番薯拜佛博無筊。」

金火立刻告訴他：「阮當然嘛清楚，只要有解決的辦法，阮頭家絕對袂失你的禮。」

「相信恁也清楚這是一件大事毋是小事，想欲大事化小事，是足傷腦筋的。」黃泰山露出凝重的表情，倒不像在裝假。

「若會當大事化小，阮嘛會足感謝。」進丁真心懇求。

石原不是一個金錢可以收買的人，經過多方周旋，數日後總算得到一個可以解決事情的折衷辦法，就是讓空卿和博文「將功贖罪」，一起去南洋戰地報效國家。

獨生子要去南洋擔任戰地醫生，陳家就像被丟了一個炸彈一樣，當進丁帶回這個消息在大廳裡宣布，全家即刻亂糟糟。

「這欲哪會行得？槍子也無生目睭，萬一哪有一下失覺察，咱陳家的香火毋就要斷去？」玉枝惶恐的看著寶貝兒子，呼吸變得急促起來。

「這是唯一會當解決的辦法矣。」進丁無奈的回說。

「伊是我的命根，我袂當予伊去。」玉枝激動的哭泣起來。

博文過去摟著她，安慰說：「卡將，妳莫煩惱啦！雖然是佇戰地，做醫生攏是佇後方，嘛是介安全啦！」

「我袂當同意，陳家若是到你這斷香火，我死了後哪有面目去九泉地下見陳家的祖先？」玉枝邊哭邊說，心臟不好的她，已經因為過度激動開始有些上氣不接下氣。

坐在一旁的千佳一直默然不語，原本就白皙的臉龐，因為薄唇緊抿，更加看不到血色，聽到婆婆提起斷香火的事，她才流露出痛苦的神色。

進丁只能堅決告訴妻子：「妳毋同意嘛是無法度改變，咱只會當求神托佛保庇伊平安倒返來。」

玉枝悲憤的站起來，一時急怒攻心，身體承受不住的往前傾倒，博文趕緊抱住她，大聲對驚呆住的千佳嚷著：

「趕緊敲電話去請多桑過來。」

千佳這才如夢初醒急忙去打電話，博文伸手探察母親鼻息，雖然微弱，還能自主呼吸，便將母親抱入房中。

伯元和美慈一起趕來陳家，玉枝已經清醒，只是閉著眼睛直流淚，伯元為她做了一下簡單的檢查，打了兩支針，對大家說：

「伊的心臟偌來偌無力，實在袂堪得刺激，應該要好好靜養。」

「一聽講博文要去戰地做醫生，伊就擋袂牢矣。」進丁搖頭嘆氣。

聽到進丁這樣說，玉枝的呼吸聲又沉重起來。

伯元示意大家出去外面，只留美慈和玉枝單獨相處。

美慈在床邊的椅子坐下來，握住玉枝的手安慰她：

「親家母，代誌拄著矣，咱要想較開咧，過頭操煩會扑歹身體。」

玉枝睜開眼睛，拿出手帕拭淚，坦白對美慈說：

「親家母，我在煩惱啥相信妳也介清楚，博文是阮陳家的命根，香火攏無傳就要去南洋參戰，我真正會活袂落去。」

美慈無言以對，半晌才接了一句話：「是阮對不起恁。」

玉枝嘆氣說：「這哪是誰人的毋對，自從千佳嫁入來，妳嘛是想盡一切的辦法欲予伊生囝，只是天不從人願，其實我在心裡早有一個扑算，猶無好意思佮恁參詳耳耳。」

「啥物扑算？」美慈小心翼翼的反問。

「就算袂生，千佳永遠攏是阮陳家的新婦。」玉枝先聲明，接著才說重點：「毋閣阮陳家的香火嘛是袂當斷，所以咱總是要參詳一個解決的辦法。」

「親家母的意思是想欲焉怎？」美慈有些無奈的問說。

「借腹生囝。」玉枝簡單直接的回答。

美慈面露難色，試探的問：「敢袂當抱一個返來養就好？」

玉枝搖頭說：「有咱的血脈總是較親。」

美慈沉默著，想到千佳的反應，她就滿心憂慮。

「拜託妳佮千佳講敢好？」玉枝顯然也有所顧慮，讓她們母女自己去商量，總比由婆婆開口好。

美慈只好答應：「我盡量講看覓，妳好好休睏。」

有阿菊在旁邊照看，美慈放心離開玉枝的臥房。伯元和進丁、博文、千佳在大廳喝茶談論去戰地「將功贖罪」這件事，博文自我安慰的笑說：

「若去戰地實習返來，我的醫術一定比所有的同學更加厲害，算來亦毋是一件歹事。」

千佳不高興的回他：「我看你是故意想欲去戰地實習，才會佮人做保，人呆看面就知，閣笑會出來？」說完還丟給他一個白眼。

美慈把千佳叫去房間，母女關起門來說有關玉枝提議要借腹生子的事，她很怕女兒會激烈反彈，沒想到千佳的反應出奇的平靜。

「就焉爾處理好矣。」她的聲音連一絲激動也沒有。

美慈不放心的追問：「妳敢真正有清楚啥物是借腹生囝？」

千佳嘲諷的回答：「就是咱兜的豬哥去扑人的豬母，生一隻豬仔囝抱返來飼，焉爾耳耳嘛！」

美慈神情凝重的看著女兒，細心問她：

「妳敢真正有法度接受這款代誌？」

千佳流露出一股哀戚的低聲回答：「我家己就生袂出來，是會當講啥？總比予伊去娶細姨好。」

她沒有說出口的是，如果像滿福嫂說的那樣，姊妹同事一夫，才是她最不能忍受的，讓自己的妹妹來分享她的愛，她卻連生氣妒恨的資格都沒有，那會比死更難受。

美慈心疼的看著女兒，明知她內心的痛苦，卻無法給她任何安慰，只能故作輕鬆的說：

「焉爾也好，有人替咱生囝予咱做便老母，囝仔是飯碗親，只要莫予伊知也親生老母是啥人，登記佇妳的名下，佮親生的也相同。」

千佳同意讓博文去借腹生子宛如一劑強心針，讓玉枝馬上生龍活虎起來，忙著四處請託熟人尋找適合的對象，這件事情真的要進行起來也沒有想的那麼容易，身家不清白的、年紀太大的、身體條件太差的，甚至長像太醜的都被排除，過了很多天還是連一點眉目也沒有，讓玉枝急得坐立難安。

博文一開始也有些抗拒，想到自己得像豬哥一樣去交配，心裡就很鬱悶，但是為了完成父母的心願，讓他們能安心接受他必須去南洋做軍醫的事情，他又覺得自己難辭其咎。

千佳表面上是接受了這個安排，情緒卻常起伏不定，私下總是不斷測試他：

「予你去借腹生囝，你敢會去愛著彼個查某？」

「欲去愛著一個人敢有赫爾簡單？」

「查埔人的心欲變焉怎誰人會知？」

博文嘆了一口氣說：「妳若驚我會變心，焉爾就莫做好矣。」

「你敢袂想欲做老父？」千佳側身支著頭斜睨他。

兩人在紅眠床的錦帳內有一搭沒一搭的細語，博文不想欺瞞她，他對陳家有傳承香火的責任，所以當然會期待有子女，兩人結婚近三年沒有生育，不只千佳有壓力，其實他心中也難免有些遺憾，只是不敢讓千佳發現罷了。

「我當然是會想欲做老父，所以妳的要求我才攏會盡量配合啊！」

他想起過去那些千佳為了受孕而做的荒唐事，以及兩人所吃下肚的無數補品，還是感覺有些可笑。

「咱閣繼續扑拼看覓。」

千佳俯身親吻博文，彷彿饑渴已久的閨中怨婦，極盡所能的挑逗心愛的男人。博文溫柔的撫摸她纖細玲瓏的胴體，兩人褪去衣衫肌膚相親，這晚的千佳格外狂野，她翻身跨騎在他身上，眼裡閃著妖媚的光芒，烏黑的髮絲凌亂披散在雪白的胸前，當她款擺腰枝時，醉人的呻吟也由她異常紅豔的朱唇逸洩出來，博文銷魂的隨她馳騁，直至忘我的境界。

喘息過後，依然俯趴在他身上的千佳突然在他頸項間啜泣起來，博文有些慌亂的用雙手捧起她的臉檢視詢問：

「妳是焉怎在哭？人無爽快呢？」

千佳哭著回答：「我心肝無爽快。」

博文溫柔的用拇指拭去她的淚水，保證說：

「我袂去愛著別人，妳放心。」

「我嘛袂當允准你去愛別人。」千佳有些嬌蠻的說。

「是，我只是一隻配種的豬哥耳耳，袂去愛著彼隻豬母。」

博文故意用她說的玩笑話自嘲，總算讓千佳破涕為笑。

七

進丁和玉枝急著找尋借腹生子的人選，所以找金火一起來商量。

「趁兵單猶未來以前，一定要趕緊安排這件代誌，你幫忙探聽看覓，但是要暗中進行，袂使得予外人知也。」進丁交代金火說。

「盡量去庄跤所在揣看有兮死翁，年歲猶少年的否？」玉枝也指示。

金火腦中閃過一個人選，隨即遲疑的說：

「是拄好有一個人，毋知好亦毋好。」

「是誰？」進丁和玉枝同時追問。

「咱的田佃蔡土水個新婦。」

兩人對望一眼同時靜默著，思考片刻後玉枝先開口：

「論條件是攏適當，毋閣個翁剛死無偌久，個大家倌敢肯答應？」

「這個時陣去佮人講這，會予人無歡喜。」進丁緊蹙著眉頭。

金火直接了當說：「毋是咱佮個討人情，有忠破病無錢倘看醫生，咱是焉怎佮個幫忙的？連喪事你都出錢出力，今嘛咱有困難需要個來湊腳手，參詳一下並無偌過分才對。」

玉枝急切的點頭說：「只要個肯幫忙，啥物條件咱攏會使得同意。」

進丁是一個厚道的人，對於要跟蔡土水開口請求應允這件事，心中確實很為難，但眼前事態急迫，除了阿春外，臨時也找不到更適合的人選了。

在榕樹王庄雜草叢生的公墓裡，顯見一座新做不久的墳塋，那是有忠下葬的地方，阿春每天來牛稠溪邊洗衣服，都會帶著永隆順道來看看丈夫，所以墳土連一根雜草都沒有。

有忠過世三個月，阿春沒有一天不流淚，面對懵懂無知的孩子，她的心裡充滿酸楚，在這個貧窮的家裡，沒有男人可以依靠，未來的日子完全看不到希望，如何栽培孩子長大成人？

「永隆，來，跪落去佮恁阿爸磕頭，求伊保庇你頭殼硬敖大漢。」阿春教永隆端正跪好，壓下他的頭說：「叫阿爸！」

「阿爸！」已經在學習說話的永隆，乖乖跟著母親發聲，卻扭頭偷瞧阿春的臉。

阿春跪在有忠墓碑前泣訴：「有忠，你有聽著恁囝在叫你否？你的心肝哪會這爾雄？放阮母仔囝以後是袂焉怎過日？」

永隆看見母親在流淚，過來摸她的臉，像要安慰她，也跟著一起嚶嚶哭泣，母子倆如同空中一對哀啼的孤鳥，讓路過的村民都搖頭嘆息。

當阿春揹著永隆，端著全家洗淨的衣服回來，看見家裡來了客人，是地主和管家，她先將裝衣服的水盆暫時放在大門邊，解開揹帶放下永隆，進去客廳和地主他們打招呼。

「頭家哪會有閒倘來？」她一眼即見桌上堆放了一些禮品。

無人出聲講話，她馬上察覺異樣的問：「是發生啥代誌是否？」

圓仔語氣不悅的對進丁他們說：「恁家己佮伊講，伊若肯同意我就無意見。」

阿春看著公婆兩人的臉色都像烏雲密布的天空，轉頭再看地主也是一臉沉重，管家金火更是滿臉不惱，便問他們說：

「是欲要我同意啥代誌？」

知道進丁說不出口，金火簡單的把陳家面臨的難題向阿春說明，然後問她：

「妳偌會當借腹替陳家生一個囝來傳香火，看需要阮焉怎報答妳攏會行得。」

阿春聽完沉默不語，這是令人完全想不到的事。

圓仔尖酸的回說：「也毋是豬母一胎會當生幾落隻，欲公的母的攏總有，就算伊肯替恁生，嘛無保證一定會生查埔的？」

進丁趕緊開口說：「查埔查某攏總好，予阮陳家香火有傳就好矣。」

土水忍著心頭的悲痛，有些哽咽的對進丁他們說：

「阮囝才死三個月，恁就來講欲借腹生囝的代誌，敢袂尚超過？」

「我知也焉爾對恁真失禮，偌毋是真正無辦法，實在足歹對恁開這個喙。」進丁深感抱歉，卻也很無奈。

阿春緩緩開口：「你予我考慮幾工再決定。」

圓仔生氣的嚷著：「這有啥物倘考慮的？恁翁才死無偌久，這種代誌敢會使得答應呢？」

聽見阿春說要考慮，進丁起身準備離開。

「焉爾我過幾工再閣來。」

土水和圓仔連送客出門的禮數都沒有，兩人坐在吃飯桌的椅條生著悶氣。

永隆不吵不鬧的挨在阿公身邊，阿春默默出去晾曬衣服，接著進灶間準備煮午飯，這件事就這樣擱在三個人的心頭，就像地主帶來的禮品一樣，擺在那裡誰都不願去動它。

趁農閒時土水會趕豬哥出去為別人家的母豬配種，經常往返於鄰近的村落間，以前心情輕鬆時，他總會邊走邊唱自創的豬哥歌：「手牽豬哥四界行，庄頭庄尾揣親成，豬母欲生揣豬哥水仔，保證一胎十二隻水水。」自從地主來商量要借腹生子的事後，他的心情就再也輕鬆不起來。

「豬哥水仔！行路是焉怎頭犁犁？亦無聽你在唱歌，阮兜的豬母欲配種啦！」有村民叫住他。

「歹勢！歹勢！嚨喉無拄好啦！」土水趕豬哥隨那個人去豬椆。發情的豬母被單獨關在一間豬舍裡，前腿還爬上矮牆不安的尖叫，用不著土水趕，母豬的主人才一打開欄門，豬哥很快就衝進去爬上母豬的背，自然交配起來。

看著兩隻豬氣喘吁吁的做著那件事時，土水不由得想到一個諷刺的畫面，地主想要來借腹生子，不就是要讓他家的豬哥來配他們的豬母嗎？天公伯到底在跟他開什麼玩笑？

回程時他一路思索著，媳婦畢竟還年輕，守寡的日子應該也很難熬吧？他想起兒子臨死前的交代，希望他們把阿春當成女兒看待，如果有遇到好對象就讓她再嫁，只是有忠才走三個月，她會答應這件事嗎？

「老兄弟，你出來趕豬哥喔？」進丁與土水在路上相逢，出聲喚他。

土水如夢初醒的抬頭看著進丁和管家，金火兩手都提著禮數，他不是客氣而是為難的說：

「恁實在毋免焉爾厚禮數，這件代誌猶無一定會答應恁，哪好意思收恁的禮？」

「這是一點仔禮數耳耳，佮恁齪嘈（打擾）足歹勢。」進丁用歉疚的語氣說。

「講實在的，恁是予阮足為難。」土水直接表明，卻沒有怪罪進丁的意思，畢竟他們一直承受地主家的照顧。

「若毋是想無其他較好的辦法，我嘛毋敢佮恁提出這個要求。」進丁無奈的說。

「你的心情我會當體會，我的心情嘛請你諒解。」土水語氣沉重的說。

「我了解。」進丁點頭。

他們一起走進蔡家的土埕，圓仔正在曬花菜乾，見到進丁他們來，並沒有歡迎的臉色。

「去泡一鈷茶米茶啦！」土水吩咐圓仔。

圓仔顯得有些不情願的走向灶間，土水招呼進丁他們先進去客廳坐，把豬哥趕入苳後的豬椆，才去陪他們說話。

「阮新婦去洗衫到這陣猶袂返來的款。」

圓仔提著一個鋁製的茶壺，一手拿三個吃飯的碗出來，因為貧窮人家吃飯、喝水用的都是飯碗，沒有那麼講究有茶杯可用。

「伊逐日去洗衫，攏會順續去墓仔埔看烟翁。」圓仔故意這樣說給進丁他們聽。

進丁神情有些尷尬的接過圓仔倒給他的茶，金火則露出不滿的表情，責備似的看著圓仔。

阿春在認真考慮的那三天裡，表面冷靜，內心其實如同浪濤翻滾。她想著自己新寡，如果答應這件事，會很難做人。想著欠地主家的情，這是回報人家的機會。想著丈夫過世前，心心唸唸希望家裡有一頭牛可以幫忙耕地賺錢，父母不用那麼辛苦，有能力栽培永隆讀書。阿春和有忠都是沒讀過幾天書的人，家貧只求溫飽尚且不易，辛勤勞苦也換不了幾個錢。

這天她去溪邊洗衣後，照樣去有忠的墓地停留，心緒紊亂的她，叨叨絮絮的對有忠說出這件事，還有她內心的糾結。

「如果我若是答應，你會諒解我否？」她充滿哀愁的對著墓碑問他。

天地無語，只有淒涼的風聲從耳畔吹過。

因為不想太早回去，她索性轉回娘家，這個時候阿發去捕捉野物，也應該回去了才對，她突然很想去看看弟弟。

阿發果然在家，正蹲在土角茨前的簷下綁青蛙，看見她來露出一臉歡喜的表情問：

「阿姊哪有時間倘來？」

「只是想欲返來看看咧，昨暝掠有否？」她關心問。

「最近稻田攏在湮水，四腳仔釣袂少，這揹予阿姊提返去煮。」他揚起手上那串綁好的青蛙給她看。

「好啊！多謝你。」她憐惜的看著這個唯一的弟弟，俊秀的臉上滿是憨厚天真的笑容，捲高的褲管下露出結實的小腿肚，一雙赤腳沾滿泥土。

「阿姊佮我講啥物多謝？」

他把焦點轉向阿春背上的永隆，伸手托住他，讓阿春解開揹帶。

「永隆，你無叫我阿舅？」

永隆乖巧的叫了，他開心的把他舉高，放在自己的肩上，在茨前快步小跑了兩圈，永隆抱著他的頭，發出一連串童稚清脆如鈴的歡笑。

阿春走入大廳，給父母燒了一炷香，在心中默禱，希望他們在天之靈可以庇佑阿發順利娶妻生子，庇佑永隆平安長大成人。她心裡最渴望的，其實是能夠早日脫離貧窮，日子不要過得這麼辛苦。

她看到旁邊的飯桌上，還放著阿發吃剩的早飯，他將番薯簽、番薯葉、小魚乾、菜瓜和少量糙米煮成一大鍋，簡直像豬食一樣，感覺十分心疼不捨。她動手幫他略微收拾一下，把吃剩的菜飯放進菜櫥裡，再把碗筷洗乾淨。

阿春回來時已經近午，地主和管家不知什麼時候就來等候，又帶厚禮來，都是蔡家買不起的乾貨，與日前帶來的那些，一起堆放在祭祀用的方桌上。茨內氣氛依舊尷尬，再也不像以前那般融洽熱絡。

圓仔幫她把孩子放下來，迫不及待的對她說：

「妳是閣去佗位這陣才返來？個已經來等妳足久矣，妳趕緊佮個佮話講予清楚。」

進丁和金火坐在一旁的籐椅，圓仔抱著永隆和土水坐在飯桌的椅條，一起等著阿春開口說出決定，廳內彌漫著一股緊張的氣氛。

阿春站在右邊的門板旁，神情沉重的輪流看著他們，猶豫許久才終於出聲說：

「我同意借腹生囝。」

「妳講啥？妳哪會當答應？」圓仔像被衝天炮炸到一樣爆發起來。

土水像已經知道會有這個決定，伸手按住想站起來的妻子。

進丁如釋重負，感激的道謝：「感謝妳肯佮阮湊參工，妳想欲開啥物條件儘管講。」

阿春毫不猶豫的回答：「我欲要一隻牛。」

「無問題，包括牛車、牛犁、所有做穡需要用著的物件，我攏會買齊予恁。」進丁毫不考慮的答應，又主動增加一些附件，表達出十足的感謝之意。

「妳是要彼隻牛欲創啥？恁翁才死無偌久，若予人知，妳以後欲焉怎做人？」圓仔氣急敗壞的質問媳婦。

進丁趕緊說：「我會安排一個祕密的所在予伊生囝，袂予人知。」

阿春神情哀傷的說：「有忠欲死的時陣有講，茨內若有一隻牛幫忙做穡趁錢，恁兩個人就毋免做佮赫爾辛苦，咱才有能力栽培永隆讀冊。」她略微停頓片刻，才又接著說：「有忠一直佮陳家的恩情囥佇心肝內，伊講後世人做牛做馬也會還個，伊這世人已經有夠歹命，我哪忍心予伊做牛做馬來還？不如由我來替伊還就好。」

進丁立刻熱切的表示：「栽培永隆的代誌恁嘛會使得放心，伊佮我的孫算是同母各父的兄弟，我同款會佮伊當做家己的孫照顧。」

圓仔流著淚，生氣的說：「頂日我就講過矣，誰敢保證一定會生查埔的？」

進丁訕訕的補了一句：「生查某的我嘛同款感謝。」

「生囝毋是在生雞卵講生完就煞，以後妳一定會後悔。」圓仔抱著永隆，丟下這句話走出客廳。

阿春心痛無言，淚水潸潸滑落臉頰。

土水沉痛的問她：「妳敢有考慮清楚。」

阿春點頭，哽咽的說：「欲做這個決定真正足困難的。」

「我知也。」土水的語氣也有些哽咽。

金火趕緊切入重點，用保守的語氣探問：「咱是毋是要先參詳欲焉怎借腹？欲予阿春去北港？猶是予阮少爺來恁這？」

土水馬上反對：「予伊來阮這，阮是欲焉怎佮厝邊頭尾解釋？」

進丁顧慮到讓阿春去北港，對媳婦的心理刺激應該很大，所以沉吟著說：

「恁會使得講是親成朋友的後生，暫時來借住幾日，應該無人會懷疑才對。」

土水嘆了一口氣，有些無奈的說：「就算我趕豬哥去扑豬母，也無保證一定會牢膭（懷孕）。」

「到阮後生去南洋以前，盡量予個湊陣，賭的就看天意，不管有生無生，我攏會買牛予恁。」進丁滿懷誠意的表示。

事情就這樣談定，金火叫土水選一個時間去北港挑選牛隻，土水淡淡的回答：

「較慢再講。」

當晚上床睡覺時，圓仔躺在土水身邊埋怨地主：

「恩情歸恩情，閣較大的恩情嘛袂使提來壓死人，咱有忠才死無偌久，就欲要求阿春替個傳宗接代，未免尚超過。」

土水平心靜氣的說：「話莫講佮這爾歹聽，地主做人一向真有量，若毋是辜不二衷，也袂來佮咱開嘴。」

圓仔罵完地主，又數落起媳婦：「阿春嘛有夠糊塗，這款代誌哪會使得答應？莫講是一隻牛，閣三隻嘛袂使得，一個查某人才死翁無偌久，就欲去佮別的查埔人做伙，敢講伊攏袂曉見笑？」

土水在黑暗中沉默了許久才接話：「有忠欲死以前有交代，叫咱要將阿春當做查某囝疼惜，就算伊將來欲閣改嫁，咱攏袂使講伊任何的不是。」

黑暗中圓仔也一陣無言，半晌，才嗚咽著說：

「我是在毋甘咱有忠……。」

土水喟嘆著說：

「伊就短命，怨嘆嘛無路用，妳要改變想法，阿春以後是咱的查某囝毋是新婦，閣再講伊會做這個決定，嘛是為著欲替有忠還陳家的人情，替咱蔡家的未來做扑算，伊是犧牲伊家己的清白來換取一個翻身的機會，咱顛倒要感謝伊才對。」

圓仔未再應聲，夏夜微悶的房內，只聞從竹片編製的窗外傳來稀落的蟲鳴，間夾著母親思念兒子的抽泣。

另一邊房間裡，阿春懷抱著永隆孤枕難眠，儘管奶水已經不多，永隆仍習慣吸著她的奶頭入睡，往事重疊在她的腦海讓她怎麼也睡不著，過去和有忠談戀愛的甜蜜回憶，仍清清楚楚刻劃在腦海，恩愛夫妻卻已陰陽兩隔。

她看著懷裡已經熟睡的永隆，仍不願放開她的奶頭，不時眷戀的吸吮，她的心彷彿被針狠狠的扎了一下。婆婆說的話沒有錯，懷胎十月生下的孩子，如何說放手就放手？生孩子不比生雞蛋，會讓做母親的牽腸掛肚一輩子，她怎能為了一頭牛出賣自己的身體？不！她立刻告訴自己，她是為了報恩還陳家人情債，才會答應借腹生子，並不是貪圖那一頭牛，也不是狠心出賣孩子，是為了成全陳家。

她的內心痛苦掙扎，枕頭不覺間濕了一大片。

八

博文提著一只皮製的行李箱從客運車下來，他照父親的吩咐帶著簡單的衣物，於傍晚時分抵達榕樹王庄，走到廟前的一棵大榕樹下，他向坐在樹下閒聊的幾位老人家詢問：

「借問一下，蔡土水個兒欲焉怎去？」

他穿著白襯衫與西裝褲，腳上的黑皮鞋擦得閃亮，老人家們全好奇的打量著他，有人問：

「你是個的啥物人？」

博文照著父親的教導回答：「我是個的親成的後生。」

「哪會攏毋捌看過你？」

「因為足久無聯絡，最近才探聽著，我的序大人叫我來拜訪個。」

老人家為他詳細指路，博文朝他們所指點的方向走。

土水家住的是用竹管和石灰、稻殼糊牆，茅草覆蓋屋頂的竹管茨，一排共五間，中間大廳的門敞開，他站在門口出聲呼喊：

「有人佇咧否？有人佇咧否？」

無人應聲，裡面的房間突然有孩子哭了起來，顯然是被他的呼喊嚇到，他緊張的左顧右盼找不到人影，孩子的哭聲越來越淒厲，他只好放下行李箱，走進房裡把哭得一把鼻涕一把眼淚的孩子抱出來，有些忙亂的在客廳裡輕拍搖哄他：

「莫哭，莫哭，乖喔！惜惜喔！」

孩子露出疑惑的神情，訝然凝視著他，博文回他一個友善的微笑，因為陌生，永隆便又嚎啕大哭，一面掙扎著想脫離他的懷抱，博文只得將他放到地上，急著向孩子解釋：

「阿叔毋是歹人啦！你毋免驚。」

永隆哭著跑出門外，博文跟在他的後面，看見阿春挑著一擔水從埕尾走過來。

「歹勢！我扛好去擔水。」阿春看見他，露出一個靦腆的笑容，喘著氣說。

她蹲低姿勢將兩桶水放下來，永隆立刻撲向她叫阿母，她把孩子帶進灶間，用水瓢舀水進木盆，放入布巾沾濕為孩子擦臉。

「恁擔水要去偌遠？」他站在灶間門口看著他們母子。

「有一段路。」

「哪會無裝自來水？」

阿春抬起頭感覺好笑的看他一眼：「自來水要錢啊！」

博文張嘴想說什麼，最後閉上嘴，她應該在笑他不知民生疾苦吧？

「攏無請你啉茶，敢會嘴焦？」阿春問他。

「當然會嘴焦。」他確實口渴了。

阿春從灶台上的鋁製茶壺倒了一碗水給他，博文索性在大灶前的矮凳坐下來，逗著永隆：

「你叫啥物名？」

永隆依偎在阿春腿邊，直直的看著他，半晌才說：

「永隆。」

「你叫我阿叔咧。」見永隆不語，他教他說：「阿～叔～。」

「阿叔。」永隆照著叫他。

博文驚喜的說：「這個囝仔足巧喔！教一擺就會。」

「是有教過，因為伊有一個阿叔今嘛去佇南洋做軍伕。」阿春笑著說。

「原來如此。」博文哂笑。

「聽講你欲去戰地做醫生，家己要較細膩咧。」阿春開始準備煮晚飯，邊和他自然交談。

博文看她總是帶著淡淡的笑容，她和千佳兩人明明年紀差不多，也許是做了母親，所以比千佳多幾分成熟風韻，對他宛如大姊一般親切溫柔，他回想起在北港時，他們第一次在右廂後院的井邊見面的情景，她因為眼睛抹到肥皂水而睜不開，他幫忙舀水給她清洗，當時絕對想不到他們會有這樣的緣分。

「感謝妳。」他真誠的說。

兩人交換一個意味深長的眼神，阿春略帶羞澀的淡然一笑。

土水夫妻下田回來，在院埕裡見到博文正把永隆舉高旋轉玩耍，神情都有些凝重，卻還是客套的招呼他：

「少爺，你來矣。」

「恁毋好叫我少爺，叫我博文就好，阮多桑交代我叫恁阿姑、姑丈。」他把永隆抱在手上，看起來倒真像自家人一樣。

圓仔只好苦笑著說：「歹所在，請你莫棄嫌。」

「真歹勢，要來齪嘈恁幾日矣。」博文也客氣回說。

圓仔進灶間要端熱水給土水洗手腳，嘆了口氣問說：

「永隆下暗抱來佮阮睏啦！」

阿春站在大灶旁邊炒菜，回答說：「毋免啦！伊佮阮做夥睏就好，暗時欲睏伊攏愛閣吸奶。」

土水在大廳門邊看見博文的行李箱，主動對他說：

「阿春的房間佇彼間，你先佮行李揹入去。」

博文依言提入阿春房間，房裡的眠床是木造通鋪，旁邊有一個布簾遮著的小隔間，應該是擺放尿桶的地方，還有一個放置衣物的五斗櫃，與他和千佳在北港睡的紅眠床真的有天壤之別。

阿春端出晚餐擺在飯桌上，土水招呼他坐下來，圓仔為他盛飯，博文立刻看出來他碗裡的飯有較多白米，他們自己吃的則多是番薯簽，桌上的配菜有一盤炒青菜，一碟炒花生，兩塊黑黑的陳年豆腐乳，還有一碗醃的鹹蜊仔，一小碗肉鬆應該是父親來的時候送的伴手。

他夾了一顆鹹蜊仔送入口中，吸取蜊肉後拿掉外殼，配一口番薯簽飯一起咀嚼，嚼著嚼著便口齒生津，別有一番甘甜滋味，他不禁誇說：

「這蜊仔豉佮真好食。」

「佮意食就盡量食免客氣，我閣去圳溝摸就有。」土水笑說。

「這毋免錢買喔？」博文露出訝異的表情。

「蝌仔圳溝摸就有，庄跤人誰會開錢去買？」

「咱這的圳溝水是位嘉南大圳分落來的是否？」博文好奇的問。

「是啊！就是有嘉南大圳的圳水供應湮田，稻仔毋才會當一年兩收，猶閣會當種一季土豆亦是其他雜糧。」土水邊吃飯邊與博文閒聊。

博文興奮的告訴他：「我有去嘉南大圳的源頭，烏山頭水庫的送水口參觀過，彼個送水口就像人的心臟同款，將血送去規身軀的血管，赫爾大港的圳水，灌溉赫爾大遍的田園，予人看了心肝足感動。」

「有活水才有活路，以前圳水無赫爾便利，攏要向望天公伯仔湊參工，稻仔一年才一收，若無風調雨順就會無米倘食，做穡人實在有夠艱苦。」土水雖然沒有看過出水口的壯觀，但他是親身受惠嘉南大圳恩澤的人。

博文佩服的說：「完成修建嘉南大圳的工程師八田與一真正了不起，用十年的時間來完成這個工程，聽講也拄著袂少困難，攏是靠伊研究出來新的施工技術克服的。」

圓仔和他們同桌吃飯，默默聽兩人交談，阿春坐在門邊的矮凳，把永隆放在椅馬裡坐著慢慢餵他吃飯。

天光逐漸暗淡，吃飽飯後土水搬出椅條，和博文繼續在院埕上納涼閒聊。圓仔端一盆溫熱的水來客廳，幫忙把永隆的身體手腳擦洗乾淨，換上乾淨的衣褲，阿春就著剩菜飯填飽肚子，收拾清洗好碗筷後，默默去灶間後面的簡陋浴間洗澡。

因為用水得來不易，所謂洗澡只能用一盆水先洗淨臉面，再擦拭身體，然後沖洗下身，最後搓洗雙足穿上木屐。

「博文少爺，我替你攢好燒水，你會使去提衫褲洗身軀矣。」她出來請博文去洗澡。

「好，多謝妳，請問浴間是佇佗位？」

「佇灶腳的後面。」

博文去房間拿換洗衣褲，去到浴間看見只有一臉盆的溫水擺在地上，旁邊有張小板凳，一個木桌上擺著一條乾淨的布巾和一塊肥皂，他愣了一下，又出來問正在整理菜廚物品的阿春：

「干單一面盆水欲焉怎洗身軀？」

阿春有些訝異的看他一眼，隨即去浴間取下吊在牆上的大木盆，舀出大灶上那個煮熱水的大鍋裡所有的熱水，再從水缸裡舀了一桶冷水，加在一起裝滿那個大木盆。

博文勉強洗了一個澡，換上居家的寬褲唐裝，回到房間阿春正在摺洗曬好的衣服。

「無自來水真正無方便，我叫阮多桑裝自來水予恁用敢好？」

「要加納水錢阮恐驚負擔袂起。」阿春淡然笑說，伸手接過博文換下來的衣褲。「明仔在我做夥洗。」

她把衣褲拿去浴間放在水盆裡，公婆都回房休息了，她關好所有的門回到房間，博文在床上和永隆玩呵癢，阿春先抱永隆去旁邊小隔間的尿桶噓尿，再為他包上尿布，放下布簾準備就寢。

「我早時要起來煮飯，所以要睏佇外邊。」阿春先說。

坐在床上顯然有些手足無措的博文，依言移動到靠窗的位置躺下來。

窗外有柔和的月光灑落，蟲聲唧唧，房內的媒油燈光影明暗閃爍，因為共處在一個親密空間，兩人間的緊張氣息如同繃緊的絲絃，牽扯著彼此的神經。

阿春解開胸前衣襟給永隆餵奶，孩子用力吸吮乳頭的聲音強烈刺激博文的感官，讓他不由自主的衝動起來。

待永隆睡著，阿春將他放好，轉過身來面對他，博文感覺像要窒息一樣。

他們的眼光在幽暗的夜裡交流，博文只是安靜的等待，因為他也不知道該怎麼辦才好，許久，阿春慢慢脫掉自己的衣褲，嘆了一口氣低聲說：

「咱會行得開始矣。」

博文竟像一個沒有經驗的處男一樣，緊張的嚥了一口口水，猶豫了半晌才有所行動，他翻身輕壓在阿春身上，用手肘撐著身體，低頭凝視著赤裸的阿春，她的臉頰如酒醉般一片酡紅，因為羞澀而緊閉雙眼。

博文想起千佳臨行前的交代，要他只能把阿春當成配種的母豬，不可以對她動情，這談何容易？他小心的進入她的身體，她因緊張而有些緊繃，卻很快接納他，他緩緩的動作著，低下頭親吻她的耳際，往下游移到頸項，最後停在那對剛剛才餵飽孩子的豐滿乳房，讓他也忍不住饑渴的汲取那生命的泉源。

阿春同樣忍不住發出一串呻吟，她的腦海中浮現無數往昔她與有忠恩愛的畫面，但身上的這個男人畢竟不是有忠，而且有忠生病後，他們夫妻也已經很長一段時間沒有行房，她的身體就像一片乾涸的土地，亟需甘霖的潤澤，她很快拋開有忠的身影，忘我的迎合他的動作，毫不保留的全心接納他，讓他的種子播灑在她濕濡柔軟的沃土中。

千佳在博文去榕樹王庄的那三天，幾乎都待在房間裡不出來，每次玉枝叫阿菊去請她吃飯都說沒胃口，只好把飯菜送去房裡給她，也還是吃得很少。

玉枝知道她心裡不痛快，特地去媳婦房裡探視，見她躺在床上，便關心詢問：

「千佳，妳是人無爽快呢？敢有需要去請恁多桑過來看一下？」

她從床上坐起來，淡淡的回說：

「我無焉怎，只是人懶懶。」

玉枝在床沿坐下來，握起媳婦的手安慰她：

「我知也妳的心內無爽快，毋閣妳要想較開咧，妳家己心內也清楚，妳欲生囝無赫爾簡單，這是早慢要解決的代誌。」

千佳點點頭，假裝若無其事的說：「我知啦！卡將妳毋免煩惱。」

玉枝拍拍她的手，鼓勵她說：「妳今嘛需要想的，是欲焉怎做囝仔的老母，無人會知也囝毋是妳生的，妳就是囝仔的親生老母。」

千佳茫然的看著婆婆，沒有十月懷胎，她如何才能有做母親的心情？

博文在榕樹王庄住了三天回到北港，千佳絕口不問他在那裡的情況，儘管關心，進丁和玉枝也絕不在媳婦面前談論這件事，大家都裝沒事人一樣，等五天後他會再去一趟。

夜裡，千佳就像發狂一樣索取他的激情回應，他雖然察覺她的舉動異常，但還是勉力配合她，她的纖細與阿春的豐滿成對比，狂野卻是阿春所不及，她的行為反應出內心的焦躁不安，亟需丈夫的愛來填滿空虛。

博文和空卿約在櫻花食堂吃午飯，空卿關心的問他：

「我揣你幾落工攏無佇茨，你是走去佗位？」

博文開玩笑回答：「去庄跤做工。」

「你這個少爺是在做啥工？」

博文苦笑，把家裡面臨的情況說給他聽。

空卿充滿歉意的說：「真正對你非常抱歉，攏是為著我的代誌，才會焉爾拖累你。」

「千佳若一直袂生，這也是緊早慢攏要解決的代誌。」博文嘆著氣說。

身穿和服的沙枯拉踩著木屐，端著一盤涼拌的柴魚韭菜走過來，如同大姊般溫柔的對他們說：

「聽說你們將要被派去南洋參戰，這是老闆招待的一點心意，請你們務必要平安回來。」

空卿有些無奈的說：「身為殖民地的皇民，就像菜砧上的魚肉同款，要隨在人料理，總督府自太平洋戰爭失利，就一直佇台灣積極募兵，實施皇民化運動佮台灣人民洗腦，舊年的九月廿三頒布一九四五年就欲開始徵兵的政策，咱早慢攏是會予人派去南洋送死。」

「是去報效國家啦！這是皇民的光榮。」博文先看看左右有沒有抓耙子，才調侃的糾正他。

空卿翻了下白眼，氣憤的說：「誰稀罕做皇民？頭殼歹去喔？」

博文表情嚴肅的問他：「欲去南洋的戰場做軍伕，你敢袂驚？」

空卿坦白說：「我當然嘛會驚，我連娶某都猶未，若是死佇戰場真正足毋值，只是阮兜有大兄已經娶某生囝，林家的香火有傳矣，無像你是孤囝，責任猶未了，莫怪恁序大人會緊張欲去借腹生囝。」

「這件代誌請你要保守祕密，因為咱是好朋友，我才透露予你知。」博文特別叮囑。

添財和金枝一早抽空來陳家探望玉枝，添財和進丁是小學同窗，兩人的妻子名字像姊妹，索性就去朝天宮結拜。四個人在客廳裡喝茶，聽說博文被迫要去南洋將功贖罪的事，金枝內心也開始惶恐不安起來。

「無想無煩惱，越想越煩惱，聽講總督府閣無偌久就欲開始徵兵，阮萬成因為跛腳是毋免煩惱，萬順就真有可能會予政府徵調著，我是毋是要趕緊替伊揣一門婚事，予伊會當傳後嗣？」

進丁贊成：「這場戰爭局勢親像介緊張，徵兵的代誌應該真緊會進行，恁較早準備也是好。」

金枝嘆著氣說：「今嘛已經倚近中秋，近前我有拜託媒人去做親成，想欲替阮萬順揣一個門當戶對的牽手，毋閣到目前猶揣無滿意的，毋知欲焉怎才好。」

添財故意消遣金枝：「因為妳尚厲害矣，無人敢嫁入來咱兜做新婦。」

金枝作勢要拿手上的茶杯砸他：「我是焉怎厲害？若無我赫爾敖捍家，咱邱家田園會越來越濟？」

玉枝笑著說：「好矣，兩個莫焉爾相觸，趕緊想看欲焉怎佮萬順揣對相較要緊。」

添財慢條斯理的說：「其實有一個萬順佮意的對象，是金枝伊無贊成。」

玉枝訝異反問：「哦？是誰？」

「阮的養女阿妙。」

金枝不服氣的反駁：「你攏知也萬順在佮意伊？」

「我哪有可能毋知？伊常常攏嘛在偷瞰阿妙。」

玉枝點頭評論說：「焉爾好啊！家已飼大漢的養女，已經落咱的家教，毋免閣調教。」

金枝無奈的說：「無魚蝦嘛好啦！」

當天中午回去吃飽飯後，添財和金枝把萬順和阿妙叫到客廳，由金枝開口宣布：

「最近我就來揀一個日子，佮恁兩個人送做堆。」

萬順一臉驚喜的轉頭看阿妙，阿妙卻是一副惶恐的模樣，半晌說不出一句話。

金枝逕自說：「妳先返去佮恁老父老母講一下，阮會過去送訂。」

「阿母……。」阿妙努力想表達自己的意願，卻無法說出拒絕的話。

金枝對萬順說：「雖然阿妙毋是我介滿意的新婦人選，因為政府的徵兵政策就欲實施，只好趕緊予你娶某生囝。」

萬順紅著臉看了阿妙一眼說：「我無意見。」

阿妙卻滿面愁容，沉默不語。

午飯時她聽見頭家派阿良去清理豬舍，因為物資短缺造成專門偷盜牲畜的情形屢見不鮮，晚上也要輪值睡在豬舍裡的小房間看顧。

阿妙趁傍晚送豬食的機會，告訴阿良這件事，阿良激動的咒罵：

「伊是佮人當做豬亦狗在看待？愛焉怎扑派攏是伊的自由？妳敢會使講毋？」

面對阿良的逼問，阿妙委屈的低下頭。

「伊是我的養母，自細漢到大漢，攏是予伊愛扑就扑，愛罵就罵，彼句毋，我哪講會出來？」

阿良傷心的問她：「猶是妳也佒望欲做邱家的少奶奶？」

阿妙流下兩行淚水，泣訴：「你哪會焉爾講？我的苦衷你敢袂當了解？」

阿良站在豬圈旁，雙手抓著鐵欄門，痛苦的說：

「我的心情妳同款袂當了解，現此時的我，啥物也無法度予妳，要妳選擇我，這種話我嘛講袂出嘴，我只干單會當祝福妳耳耳。」

說完他就朝豬舍裡邊走去，繼續打掃豬圈。

阿妙挑著裝豬食的空桶往回走，一步一回頭，阿良並沒有追過來，她希望他有勇氣阻止她嫁給萬順，或者開口要求她嫁給他，但他只是選擇退讓，而她無力反抗養母的強勢，這就是貧窮人的悲哀。她承認自己屈服於金錢權勢，因為她知道如果和阿良在一起，也是看不到未來。

阿春帶著永隆去溪邊洗衣服，她已經好多天都沒去有忠的墓地了，昨晚夢見他回來看他們母子，臉上帶著平靜的笑容，她這才忍不住又繞來墓地，邊為他除墓草邊和他說話：

「有忠，這幾日我實在無面倘見你，昨暝夢見你返來看阮，知也你在想阮母仔囝，我想你無在怪我才對，感謝你的諒解。」

她讓永隆過來磕頭拜拜，凝視著他的墓碑，心煩意亂的繼續叨絮著：

「我這世人只有你佮伊這兩個查埔人，雖然我只是替個借腹生囝的人，毋閣人的感情真歹控制，我足驚家己會去愛著伊，若焉爾，是欲焉怎才好？」

博文再度來到榕樹王庄，阿春剛從墓地回來，正在晾曬洗好的衣服，永隆看見他走進院埕，高興的跑向他，伸手要他抱。

他放下行李箱，伸手將永隆舉高高再轉一個圈，永隆發出興奮的笑聲，阿春看他們像父子一樣玩耍，忍不住紅了眼眶。

阿春請他照顧永隆，水缸沒水了，她得去庄長家門前的公用水井挑水，博文自告奮勇要去，阿春看他一身筆挺的西裝褲與白襯衫，怕他太惹人注目，活動也不方便，就委婉提議說：

「你偌是一定欲替我去擔水，我提阮翁的衫褲與你換好否？焉爾才有成阮的親成。」

「好啊！」博文一口答應。

他們一起走進房間，阿春從五斗櫃的下層拿出一套米色的闊褲和棉布衫，博文立刻動手解開襯衫鈕扣，阿春的臉立刻像著火般，匆忙退出房間，看見她害羞的模樣，博文露出一個有趣的笑容。

他照著阿春指示的方向去挑水，遇到好奇的庄民，他千篇一律說是圓仔外家的侄子，來阿姑家做客。去的時候容易，擔著兩擔八分滿的水走回家時，他頻頻停下來休息，感覺肩膀要垮了一樣，他才終於發現自己洗澡有多奢侈，基於男人的面子問題，他還是忍痛把水缸裝滿水。

中午土水和圓仔從田裡回來吃飯，看見博文穿著有忠的衣服，坐在門簷下教永隆玩陀螺，感覺像兒子回來一樣，兩人都紅了眼眶互望。

吃午飯時土水問他：「啥物時陣你要去南洋？」

「應該真緊就會通知，我是奉派去戰地做軍醫，空卿會編做醫務兵，聽講會佮最近這批訓練好的陸軍軍屬做夥坐船過去。」

「阮有義出去赫久，猶毋捌有消息寄返來，麻煩你若伫遐有拄著伊，才佮講一下，講阮替伊足掛心的。」圓仔拭著眼淚交代。

博文點頭答應，安慰說：「路途遙遠，想欲寄一張批返來嘛無赫爾簡單，有時陣，無消息也是一種好消息。」

土水贊同他的話：「我聽講隔壁庄的某物人佪後生，骨頭灰就用甕仔捧返來還，予序大人欲哭無目屎。」

也許因為挑水過於疲勞，博文睡了一個長長的午覺，起來已近黃昏，西斜的太陽曬入大廳，茨內一片寧靜，土水和圓仔應該又去田裡做穡，他去灶間不見阿春和永隆的影蹤，走到埕尾看見一株長在角落的山芙蓉，花瓣已經由白轉紅，沐浴在金色的光芒中，畫面甚是好看，便去房間取出他帶來的素描簿，搬出椅條畫起實物素描。

「你在畫圖？」阿春揹著永隆從外頭抱著一綑枯樹枝回來，走近他身邊看他作畫。

「這種山芙蓉的花足奇妙，早時開是白色的，下晝就轉粉紅，然後就是欲謝的時陣。」

博文興之所至，過去採了一朵，摘下阿春頭上的斗笠，把花別在阿春綁著髮束的耳畔，阿春的臉頰立時又和紅花爭妍起來，她緊張的環顧四周，幸好蔡家位於偏僻的村尾，會路過的人並不多。

「阮講這種花是狗頭芙蓉。」她雖然感覺羞澀，卻沒有抗拒耳邊的那朵花。

「芙蓉就芙蓉，是焉怎欲閣加狗頭？聽起來真無氣質。」博文直直的看著她的臉，像在研究什麼似的。

「我嘛毋知，大家攏焉爾講。」阿春不自在的垂下眼瞼。

「我替妳畫一張人像好否？」

「我要趕緊準備燃火、煮飯才會使得。」她轉身朝灶間走。

「明仔在揣時間來畫。」他在她身後說。

從來過著養尊處優生活的博文，因為上午逞強擔水的勞動，到夜裡全化為痠痛，他躺在連榻榻米都沒有的硬木板床上，每個翻身都是折騰，阿春聽見他的呻吟，待永隆熟睡後，從五斗櫃的小抽屜裡取出一瓶藥洗，解開他麻料唐裝的布鈕扣，為他褪去衣衫，倒藥洗在雙手搓熱，默默替他按摩痠痛的雙肩及臂膀。

他直視著她眼裡的溫柔，聽著她說：「阮翁以早若做穡做過頭，規身軀痠痛的時陣，攏嘛要我佮伊掠龍。」

「嗯，加足輕鬆矣，多謝妳。」他低聲說。

她吩咐他：「你反身過去。」

博文依言反趴著，她又倒了些藥洗在手掌心搓熱，開始按摩他的肩背肌肉，力道適中的舒緩他所有不適的部位，讓博文忍不住發出舒服的低吟。

她的手從肩背逐漸往下揉按，順著脊骨兩側來到腰臀，又重新倒了些藥洗搓熱，拉低他的褲頭，開始按摩他同樣痠痛不已的臀部肌肉，他發出更大的呻吟聲，阿春以為自己太用力了，停下手關心詢問：

「足痛呢？」

博文喘息片刻，突然翻身將她拉倒在自己胸前，兩人四目相對，慾望的火苗熊熊燃燒，他倉促的剝掉阿春身上的衣物，讓她坐在自己的身上，有別於千佳的狂野索求，阿春是溫柔的給予，用自己的身體餵飽他饑渴的靈肉。

因為有配給的限制，食材來源不容易取得，將阿妙和萬順送做堆時，金枝只請算命仙合八字選了一個黃道吉日，給阿妙家送些聘禮，又給她做兩套新娘衫，去銀樓打幾件首飾，只邀請少數親友在家簡單辦幾桌宴客，玉枝和進丁也送了一套金項鍊和手環給阿妙添妝，祝他們夫妻百年好合。

雖然沒有辦很多桌，但是預留一桌給巡查大人和保正是必要的禮數，且大人沒來絕對不敢先開桌，添財不時翹首期盼，全部來賓都饑腸轆轆的等著，開席時間過了許久，石原所長才帶領幾位巡查，和抓耙子保正黃泰山姍姍來遲。

待他們就座後，添財迫不及待的向大家宣布：

「開桌矣！開桌矣！」

萬成坐在主桌一副不高興的模樣，弟弟比他先娶老婆，而他卻連讓心愛的女人來喝喜酒都做不到，內心無比鬱卒，只能喝著悶酒。

另外一個更鬱卒的人就是阿良，金枝難得大方的讓家裡的長工也能一起喝喜酒，眼看著愛人出嫁，新郎不是他，喝下肚的酒格外苦澀。

阿妙穿著婆婆帶她去剪裁的紅色新娘衫，還燙了一個新穎的鬈髮，化上濃妝，脖子和手上戴滿黃金首飾，眼神卻不時飄向低頭喝悶酒的阿良身上，她的心頭也滿是酸楚，雖然很明白自己做的選擇是正確的，卻沒有一絲喜悅的心情。

最高興的就是萬順，他已經偷偷喜歡阿妙很久，只是礙於母親的反對，一直不敢表示，沒想到會因為政府的徵兵政策將要實施，母親怕他被徵調才急於完成他的終身大事，總算讓他得償所願。因為心中歡喜，對於賓客的敬酒他都來者不拒，說話也逐漸大舌頭起來，一再重複說著感謝的話，金枝趕緊將他拉到旁邊叮囑：

「莫焉爾一直啉酒，留寡氣力下暗倘用，若啉酒醉無法度圓房袂焉怎？你無聽人講頭暝空，毋是死某就是死翁呢？」

萬順傻笑著點頭，不敢再繼續喝酒。酒宴結束，送走所有的客人，萬順在新房裡睡了一個下午，阿妙換下新娘衫，照樣忙煮晚飯不敢偷懶，她很明白在金枝的眼裡，她永遠都是一個下女。

夜裡，萬順手忙腳亂的圓房，她的腦海中卻不時想著阿良，想著他們那段沒有結果的戀情，想著此時此刻他的心情應該很難受，結束時她不禁流下眼淚。

九

一九四四年新曆十月，博文和空卿隨陸軍部隊訓練的志願兵搭船前往菲律賓，萬順也收到徵兵身體檢查的傳單。十月中旬美軍為了登陸菲律賓的雷伊泰島，由海軍第三十八特遣艦隊的航空母艦，出動大批艦載機攻擊台灣各地的飛行場、飛機、港口與船舶，陸軍第二十航空隊，也在這段時間配合海軍攻勢，出動B29極重型轟炸機空襲台灣，以阻絕日軍從台灣增援菲律賓，因此兩家人心情都十分沉重。

玉枝因為擔憂心愛的兒子，心臟病又犯，不時臥床休養，身體狀況讓進丁非常煩惱，他很清楚這個時候，唯一能讓玉枝打起精神的事是什麼，去店裡巡視的時候，便吩咐金火說：

「你去蔡家探一下消息，順續佮土水約時間去牛墟揀牛，不管是毋是有囝仔，所有做穡要用的物件攏款齊備予個，這是我對個的補償。」

金火隨即遵照進丁的交代去辦理。

阿春數著日子，她的月事已經遲來很久，一對乳房再度飽滿起來，當初懷永隆的感覺熟悉呈現，應該是他的種子在她子宮裡萌芽了吧？

自從他離去後的每日每夜，阿春的心思都被思念折磨著，擔憂博文出征後的安危，無異於他的妻子一般，但她也暗中為自己的不貞自責，有忠剛死沒幾個月，她的心就隨著身體轉移到別的男人身上，感覺自己就像一個淫蕩輕浮的女人般可恥。白天她不斷提醒自己要知道分寸，她只是借腹替他們生子的人，絕對不可以對少爺產生感情，她的目的只想報恩，如果對少爺產生感情，就是對不起少奶奶。一到夜裡，之前兩人的種種纏綿情景，都難以壓抑的浮現腦海，被他溫柔撫觸過的肌膚，像有螞蟻爬行般搔癢難耐。

她伸手撫摸著肚尾微凸的一個小丘，暗自祈求神明保佑，讓他可以平安回來，好好疼惜這個孩子。

圓仔早上看見水缸快要沒水，她主動拿出水桶和畚擔要去擔水，阿春坐在灶間門邊洗碗，對婆婆說：

「卡桑，妳欲做穡緊去，水我去擔就好。」

圓仔淡淡的回說：「妳腹肚內的囝仔是個陳家的命根，尚好較緊甚咧！粗重的盡量莫做。」

「妳哪會知？」阿春不由得有些臉紅羞澀，她的一切變化彷彿都看在婆婆的眼裡，是否連那顆關不住的心她也知悉？

「平平攏是生過囝的查某人，我哪有可能會毋知？」

金火在晌午抵達蔡家，土水趕豬哥去配種，圓仔去除田草還沒回來，只有阿春在埕上曬衣服。

「阿春，頭家叫我來探看覓，是毋是有好消息？」金火直接了當的問她。

看見阿春含蓄的微笑點頭，金火立刻露出喜悅的表情，交代她：

「妳要較細膩咧，知否？」

阿春請金火進客廳坐，倒茶水給他喝，等著土水和圓仔回家商量一些事。她拿出幾朵之前地主送的乾香菇泡水，中午煮一鍋菜瓜粥請管家。

「你啥物時陣有時間來北港牛墟揀牛？」金火問土水。

土水尚未開口，圓仔就先對金火說：

「請你佮地主講，要趕緊安排予阿春去一個較祕密的所在，佮這個囝仔生落來，伊以後猶欲做人咧！」圓仔蹙起眉頭，神情充滿憂慮。

金火提議說：「焉爾先予伊來北港敢好？阮嘛較方便照顧伊，等腹肚大起來再扑算。」

「只要莫予阮庄頭的人發現，我攏無意見。」圓仔回答。

土水想了一個辦法：「以後庄裡的人若問起，就講阮阿春是去地主茨裡湊參工，牛若買返來，就講是用阿春的工錢抵的，焉爾嘛較袂予人懷疑。」

金火贊成說：「就焉爾決定，你選一個時間送阿春來北港，隔暝透早咱就來去牛墟買牛佮牛車，順續予你駛返去榕樹王庄。」

事情就這麼說定，坐在門邊的阿春默默餵永隆吃粥，未來的日子該怎麼過她一點想法也沒有，感覺自己像一塊木頭任人擺布。

進丁把千佳叫來他們的房間，宣布金火帶回來的好消息，果然令玉枝精神大振，她立刻從床上爬起來，忙著要去吩咐阿菊和滿福嫂準備房間，進丁趕緊制止她：

「免赫爾趕緊啦！猶閣要過幾落日咧！」

千佳臉上的神情如同罩著一片烏雲，進丁急忙向玉枝使眼色。

玉枝立刻有所警覺，收起狂喜的心情，轉向媳婦說：

「千佳！恭喜妳欲做老母矣。」

千佳勉強露出一個苦笑，語氣酸澀的說：

「這爾緊就有身矣，真正是好豬母。」

玉枝趁機教育媳婦：「予阿春來佮妳做夥生活，是予妳有機會培養做老母的心情，妳要想講這個囝仔是妳的親生囝，只是袋佇別人的腹肚內耳耳。」

「我知啦！」千佳輕聲應著，心裡卻還是很酸。

為什麼別人懷孕那麼容易，她就千難萬難呢？

阿春將永隆與她的衣物整理成兩個大包袱，與公公一起搭車去北港，臨行前圓仔還一直不捨的問她：

「佮永隆留落來予阮照顧就好，敢袂行得？」

「我驚伊會吵欲揣我，而且我無在茨，恁會閣較無閒，猶是隨我去北港較好。」

彷彿看出妻子的心思，土水勸說：「妳若想孫，咱隨時會使得去北港看個啊！」

圓仔這才抹掉眼淚，抱著永隆說：「我的金孫，阿嬤一定會足想你的。」

土水為阿春提著兩個大包袱，路上遇到好奇的庄民詢問，土水照著事先想好的理由回答，阿春揹著永隆低頭行走，內心有著沉重的負擔。

坐在客運車裡，永隆興奮的看著車窗外的風景，她一路教他學說話，抵達北港車站下車後，她再度把永隆揹起來，和公公一起走向陳家。

來應門的阿菊讓他們進入後，轉身立刻快步去通知老太太，玉枝出來看見阿春揹著永隆，有些不捨的說：

「哪會無先通知？我派阿興騎三輪車去接恁，大身大命閣揹一個囝仔行赫遠的路。」

阿春將永隆放坐在紅木椅上，微笑著說：

「這陣猶無要緊，身軀無感覺重。」

玉枝慎重交代：「以後毋倘閣揹囝仔，單有身孕的人，一定要特別細膩。」

阿春點點頭，她瞭解到從懷孕的那一刻，她的身體已不再能由她做主，而是連同腹中的孩子都屬於陳家，永隆一樣在她身體孕育，命運卻截然不同，她不禁為永隆感到些許心酸。

「辛苦你矣。」玉枝對土水說。

她拿起桌上的糕餅給永隆吃，吩咐阿菊帶他們去放行李，阿春仍然住上次來住的右廂那間房，土水睏隔壁間，他們再回到大廳時，千佳已經出來跟永隆坐在一起玩。

「伊真乖，無看著妳也袂吵。」千佳淡淡的說。

玉枝代替阿春回答：「囝仔攏是飯碗親，只要有倘食就袂吵欲揣老母。」這句話也是別有含意。

進丁回來吃午飯，看見土水很高興，完全沒有地主與佃農的階級差別，兩人像老朋友一樣說話聊天。

「這季的稻仔已經交予會社，恁啥物時陣才欲來收田租？」土水詢問。

進丁高興的說：「先未且算咧，這胎若是會當生查埔，五年毋免佮恁收租。」

土水雖然有些驚喜，仍客氣的說：「這哪好意思？你已經予阮足濟矣。」

「若會當生查埔，阮真正是要好好感謝恁。」玉枝也充滿期待。

阿春偷偷瞄了千佳一眼，生怕她會不高興，但她只是面無表情的吃著飯，令人猜不透她的心思。

北港牛墟位於笨港溪的堤防邊，每月逢三、六、九日開市，金火天未亮就到陳家與土水會合，由阿興踩三輪車送他們去牛墟。

土水幾乎一夜沒睡好，是過鋪睡不著，也是心頭事紛紛擾擾，回想有忠生病到過世，貧窮人家連命都不值錢，媳婦用身體換取蔡家一個翻身的機會，也順便還陳家人情，他不只無力反對，內心還有一點期盼，盼蔡家可以藉此脫離貧窮，可以有能力栽培永隆讀書，擺脫三代貧農的命運。

「你想欲要水牛亦是赤牛？」金火問他。

兩人走在嘈雜的牛墟人潮裡，來趕集的生意人很多，除了買賣牛隻外，各種農具與耕田器具也一應具全，農產品也有人拿來交易，還有不少賣吃食的擔子。

「我先看覓再決定。」土水走向有牛販在吆喝的地方。

他們在許多待售的牛隻間穿梭，聽著牛販大聲介紹：

「揀新婦看尻倉頭，揀牛看腳頭，你看我這隻水牛的腳頭圓滾滾，就知也有偌粗勇。」

土水繞了一大圈將所有的牛隻全看遍，過於慎重反而下不了決定。

「猶看無佮意的喔？」金火已經有些不耐煩。

「有兩隻體格袂穤，我閣詳細看覓。」他再走入牛群中，站定在一頭赤牛面前，伸手撫摸著腹肌堅實渾圓的牛腹。

牛販立刻過來招呼他們：「尼桑真有眼光，會曉揀這隻牛母，牛母雖然力頭較輸牛公，毋閣性情溫馴較聽話，兼會生牛仔囝來賣錢，生兩隻就有價值矣。」

金火故意反駁：「生理嘴，胡累累，大家攏嘛要牛公較有力做穡拖貨，牛母若欲生的時陣，就袂堪得尚操，有一好無兩好。」

牛販機伶應答：「若欲拖車運搬當然是揀牛公較好，毋閣若只是一般做穡欲用的牛就無差。」

土水看著那頭母牛溫馴的眼神，肌肉骨骼勻稱，棕黃色的毛皮泛著健康的光澤，讓他打從心裡喜歡，但他還是謹慎的問說：

「這隻牛敢真正有夠力？」

「有力無力毋免用嘴講，試一下車就知也。」牛販自信滿滿的回答。

牛販把牛牽到試車的地方，套上牛擔，吆喝一群看熱鬧的人坐上牛車，那台牛車是特製的，只有兩道平行的車軌，因為沒有車輪，載重後拖起來特別吃力。牛販為了讓牛使盡力氣拖車，拿著藤條狠抽牛臀，驅趕那頭試車的牛死命往前走，吃力的拖動牛車。

土水有些不忍的看著那頭母牛因為過度用力，鼻孔噴著氣，牛目圓睜，身上的血筋條條暴露，而牛販卻還一下一下抽打驅趕牠，坐在牛車上的遊客全都興奮的跟著呼喝。

「好矣！好矣！莫閣扑矣。」土水出聲制止。

牛販把牛牽回他的棚寮，繼續推銷介紹：

「假使這隻你無滿意，我閣介紹一隻牛王予你，啥物叫做牛王？」他又牽一頭水牛公過來，扳開牛嘴讓土水和金火看。「這就叫做牛王，恁有看著否？拄好十齒，牛若生滿十齒，就像咱人上勇上有氣力是二十外歲的時陣，勇壯敖做閣有拚頭。」

「兩隻的價數敢有同款？」金火問。

「當然是牛王較貴一點仔，彼隻牛母才八齒耳耳，就像十八歲的青春少女，雖然力頭較玭，毋閣以後會生牛仔囝來補貼，各有千秋啦！」牛販圓滑的回答。

一隻牛等於一個家伙，土水難免三心二意，想著貨比三家不吃虧，便對牛販說：

「我閣考慮一下再決定。」

他轉身想再去看看別的牛，走沒幾步，身後一聲牛鳴讓他自然停下來，牛販趕緊順勢遊說：

「你看，彼隻牛在叫你矣，伊欲認你做主人，你佮伊有緣啦！免閣看矣，別位的牛無我的好啦！價數咱會使得喬，賣你較俗咧！」

土水看著那隻母牛，牠也靜靜的看著他，讓他感受到有種特殊的緣分。

金火笑說：「你莫聽伊在死淚，牛哪會叫人？」

「拄才彼隻牛真正在叫伊，我無嘐潲啦！」牛販仔斬釘截鐵的說。

彷彿在印證他的話，那頭母牛又對著土水發出一聲鳴叫。

牛販高興的說：「你看，你看，有影否？真正通人性的。」

「生理人若無講白賊話，個兜規家伙要死了了。」金火還是嘲諷著說。

土水輕拍牛頭，溫柔的對母牛低語：「牛欸，你若欲隨我，要乖乖聽話喔！」

金火將他拉到旁邊，小聲問他：「你決定好矣？真正欲要這隻牛母？」

土水點頭說：「就買這隻好矣。」

金火搖頭叨唸他：「世間干單出你這個憨人，牛王較有價值你毋要，偏偏欲揀這隻牛母。」

土水笑著說：「牛母好啊！會當生牛仔囝賣錢栽培阮孫讀冊。」

他一直將有忠臨死的遺言放在心裡，無論如何，都不能讓永隆和他們一樣做青暝牛。

萬成睡到窗外日頭亮花花的刺眼睛，才不情不願的起床漱洗，進飯廳吃早飯，阿妙雖然已經嫁給萬順，算來是他的弟媳，但他仍用慣常對待下人的態度對待她。

「去煎一粒卵予我配糜。」他對端稀飯來給他的阿妙說。

「無卵矣，卡桑無買。」阿妙回答他。

萬成看著桌上只剩豆腐乳、花生和炒鹹菜，拍桌怒吼：

「逐項攏無，是欲叫我焉怎食？」

阿妙嚇了一跳，緊張的抓著兩邊的褲管，囁嚅的說：

「你就欲睏赫爾晏才起床，當然會無菜倘配。」

萬成不滿的指著她破口大罵：「妳莫以為妳今嘛是萬順的某，就敢對我無大無細，我是邱家的長子，以後這個家我才是序大。」

萬成氣呼呼的往外走，一拐一拐的牽出腳踏車，洩憤似的用力踩著，有小兒麻痺後遺症而痿縮的左腳因無法用力，導致騎車時兩邊用力不平均，手把歪歪斜斜的，在街上差點與忙著送貨的春生相撞。

春生看見他滿臉不豫，笑嘻嘻的問說：

「成仔舍，是誰惹你生氣呢？」

自從他們賣亞米仔被查獲，鰗鰡一肩承擔責任，不敢供出其他參與的人，他和春生就很少碰面，連鰗鰡被刑求得整個月下不了床，他都害怕被牽連，只託春生給他送點錢當作醫藥費，之後他就像一個落魄的公子，只能每天趁著月嬌不上班的時間，去她那裡廝混一番，或者與人在廟口、市場小賭，日子過得很鬱卒。

「最近攏無外路仔倘趁，你無閣提寡物件予我賣。」萬成小聲的對春生說。

春生是德隆發商號管家金火的兒子，也是老闆進丁夫妻的義子，靠著父親的包庇，常在商號裡偷雞摸狗。

「你猶閣敢賣？」春生訝異反問。

「干單叫月嬌提去賣予天香閣，趁寡所費應該沒問題，掠歸掠，外口賣亞米仔的人毋是同款赫爾濟？」萬成真的很需要賺錢，常常向母親伸手拿錢總要討挨罵，而他卻又做不了什麼正經事業。

「好喔！我嘛足欠所費的。」春生欣喜的答應。

萬順對他說了月嬌住處的地址，叫他有貨就送過來。

春生也和萬成一樣喜歡賭博，一個小夥計的薪水根本不夠用，所以不時會偷些東西轉賣換現金，只是他也不敢明目張膽自己賣，才會與萬成狼狽為奸。

當晚收店後，春生拖到最後一個離開，目的是想從南北貨行偷拿些香菇、蝦米、魷魚等乾貨，他用一個棉布袋裝著，關好門走向位於商號後方小巷內的住家，打算先藏在房間裡，隔天早上再拿去交給萬成的女人。

他從小就沒有母親，父親帶著他來北港投靠表姑母，也就是德隆發商號老闆陳進丁的妻子玉枝，他心中暗自羨慕表兄弟博文有這樣的父母，明明是他的表姑丈、表姑母，他就喜歡跟著博文喊他們多桑、卡將，後來便順理成章被他們收做義子。

義子歸義子，畢竟有名無實，雖然父親金火是進丁信任的管家，他還是只能在店裡當夥計，內心總有一股忿忿不平在翻攪，為了賺些零花錢，偷東西出去賣也變得有些理所當然。

他打開家門踏入客廳，看見父親坐在籐椅上沉著臉盯著他，不禁嚇了一跳，本能的把布袋藏在身後。

「多桑，你毋是去佮姑丈對數簿？」他心虛的問。

「你後面提兮是啥物？」金火冷冷的問。

「無啦！我家己欲用的物件。」他心虛的拿出布袋亮了一下，假裝沒事人一樣。

「提過來我看覓。」金火用銳利的眼神逼視他。

他遲疑著，不肯拿給父親看。

金火站起來走向他，伸手搶過他手上的棉布袋，打開來看了一眼，丟到旁邊的木桌上，抄起門邊角落的掃把，狠狠的往他身上打。

「你這個死囝仔！飼鳥鼠咬布袋，你敢有欠食欠用？是焉怎欲做賊？你以為我攏毋知你在變啥蠓？」金火怒氣沖沖的拿掃把拚命打他。

棟榔葉綁的掃把再怎麼用力打，其實也不怎麼疼，但春生也不肯乖乖挨打，繞著客廳左閃右躲，還不服氣的頂嘴：

「我是德隆發商號的契囝，佇店裡提一寡物件有啥物袂使得？」

「你有夠袂見笑，既然是契囝，更加要好好做人，哪會使得歹模樣，家己做賊偷提茨內的物件？」金火氣喘吁吁的邊罵邊追打。

「我哪有偷提？我是恬恬仔提耳耳。」春生死不認錯。

金火頹然丟下掃把，重新在籐椅坐下來，紅著眼眶埋怨：

「我哪會生著你這款孽子？因為驚後母毋疼前人囝，恁表姑欲佮我介紹閣重娶我攏拒絕，辛苦佮你晟大漢你竟然毋學好，古早人言，偷拎偷掩一世人缺欠，人要腳踏實地好好做人，以後才會有成就。」

春生一副不耐煩的模樣聽著父親說教，倒也不敢再回嘴。

「恁表姑丈佮表姑攏足信任我，你毋倘閣焉爾予我歹做人，攏怪我佇你細漢的時陣無好好教示你，才會予你養成這款歹習慣，細漢偷挽瓠，大漢偷牽牛。」

「好矣！好矣！你莫閣唸矣！我以後會較細膩咧！」春生不讓父親繼續說下去，往他的房間走。

他不是跟父親說以後不會再犯，而是說以後會小心，金火完全拿他無可奈何。

從一九四五年一月三日起，美國海軍第三十八特遣隊為了支援數日後將登陸菲律賓仁牙因灣的美軍，再度派出大批艦載機空襲台灣，美國陸軍第二十航空隊也同時出動B29，轟炸台灣各地的港口與飛行場以牽制日軍增援，美國陸軍第五航空隊也從一月中旬開始，每天從菲律賓的基地派飛機大規模空襲台灣，為了降低人口密集城鎮的傷亡，日本政府開始鼓勵民眾疏開至鄉村避難。

由於甘蔗製糖的副產品糖蜜可加工製造工業酒精，美軍為了切斷日本的軍火補給，糖廠也是空襲的主要目標之一，因此北港糖廠的兩根大煙囪，遂成為美軍投擲炸彈的指標。

日本總督府早就在台灣實施各項備戰措施，除了食物配給、鼓勵民眾飼養繁殖迅速的兔子以補蛋白質不足，還命令每戶人家都要按人口數，在住家旁邊挖一個可供避難的防空壕，陳家的防空壕築在後院，為了安置身體不好的玉枝，裡面還設了簡單的臥鋪，擺放幾張椅子。

每當水雷聲響起，滿福嫂和阿菊就會趕緊將老太太扶進防空壕裡，千佳和阿春也會帶著永隆躲進去，進丁通常跟店裡的夥計們在一起。美軍的飛機總是沿著笨港溪飛過來，她們幾個女人緊張屏息的在幽暗的防空壕裡，聽著飛機哄哄聲由頭頂呼嘯而過，往北港糖廠的方向飛去，有時還會夾雜著機槍掃射，彈殼掉落民宅的叮噹聲，嚇得玉枝差點喘不過氣。

「袂使得，我看咱要趕緊疏開來去住庄跤較安全。」玉枝擔憂的對千佳和阿春說。

滿福嫂為了安撫老太太的情緒，主動告訴她說：

「頭家娘免煩惱啦！咱朝天宮的媽祖有夠靈聖，頂擺空襲的時陣，足濟人攏目睭晶晶看著一個穿白衫的查某人徛佇茨頂，美國的飛行機擲兩粒爆彈落來，予彼個查某人用裙尾搧一下，一粒落下去笨港溪，一粒落按糖廠的煙筒下去，攏無代誌呢！」

「真正有這款代誌？」玉枝睜大眼睛問。

「真的啦！我無騙妳，足濟人看著。」滿福嫂肯定的說。

玉枝於是雙手合掌祈禱起來：「大慈大悲的媽祖婆，請祢保庇我的後生博文佇南洋平安無事，等伊平安倒返來，信女一定扑金牌來佮祢答謝。」

*

博文隨軍隊在菲律賓巴丹半島上的一個日軍基地駐紮，因為美軍已經投降撤退，屬於駐守的狀態，戰爭就沒有想像中那麼可怕，空卿以醫務兵的身分和他同在一個單位，擔任他的助手，平常處理的患者，多是一些工作所受的外傷，或者感染的內科疾病。

這裡聽說距離台灣並不遠，他偶而在海岸極目遠眺，心裡都是思念的人，父母親身體安康嗎？千佳應該每天都在盼著他回去吧？阿春懷孕了嗎？她會想念他嗎？想念他們之間發生的一切，就像他想念她一樣。

閒暇時他喜歡帶著紙筆外出寫生，戰地取得油畫原料不易，所以他用鉛筆素描，有滿意的就收藏起來，待他日回到台灣再畫成油畫成品。他的素描簿裡畫了許多充滿南洋風情的構圖，原住民住的房屋是由石頭砌牆，棕櫚樹葉覆蓋屋頂，孩童赤裸身體奔跑玩耍，看著天真無邪的孩童歡笑可以令人忘憂。

他重複畫最多的是阿春的面容，那淺淺的笑與彷彿能包容一切的溫柔眼神，微厚性感的嘴唇，上揚的嘴角，中長直髮束在腦後，耳畔別著一朵粉紅色的山芙蓉，有別於他為千佳所畫的那幅人像，如果用花來形容兩人的差別，千佳無疑是一朵高貴的牡丹，而阿春則是鄉野間自在開放的山芙蓉，朝時潔白如玉，暮時嫵媚動人。

「你畫這個查某人是啥人？」空卿不知何時站在他的身後看他作畫。

他們兩人從小學到初中讀書時，因為對畫畫都很喜愛，所以經常會膩在一起塗塗抹抹，這也是他們兩人交情如同兄弟的原因之一。

「一個對我來講，真特別的人。」博文露出滿意的神情，看著已經完成的素描，不知是滿意自己的畫，還是滿意畫中的人。

「彼個欲替恁翁某生囝的人？」空卿一語中的。

「無錯。」博文點點頭，闔上素描簿。

「你對伊有感情矣？」空卿神情嚴肅的面對著他問。

博文愣了一下，想到千佳不斷地三令五申，叫他只能把阿春當成配種的母豬，他以為自己可以做到，結果並沒有想像中的容易。

他苦笑了一下，沒有否認的回答：「無定著真正是的款。」

空卿正色說：「我看已經是焉爾，莫閣畫矣，趕緊佮感情收返來，將伊放予袂記得，若無你對千佳絕對袂當交代。」

他和博文夫妻從小就熟識，對千佳的個性怎麼會不瞭解？讓他去借腹生子已經是最大的容忍，她絕對不會接受這種感情走私的事。

博文嘆了一口氣收起素描簿，他心裡很清楚，越要刻意遺忘，恐怕會越忘不掉。

*

冬至過後，所有農事逐漸收尾，也是大地休養生息的季節。以往太平時期，家家戶戶會開始為農曆過年做準備，但今年受到戰況吃緊的影響，物資短缺到想要好好過個年也難，而官廳似乎故意不給台灣人過農曆年，偏偏選在要過年的前兩天指派大家出去做公工。

「明早一戶要出兩個人去役場報到，講欲挖水溝兼修理路，阿良你和阿義做夥去，阿妙會記得佮個兩個人攢兩合米，帶去役場交予煮食的人。」金枝吃晚飯的時候宣布說。

根據白米配給規定，普通人一天吃米量是二合半，做穡人因為要做粗重的工作，所以一天的米量是三合八，但金枝卻給他們兩人中餐帶二合米，算得非常精。

「這個時間才派人欲去做公工，根本就是在糟蹋人。」添財不悅的說道。

「下晡保正派鄰長來通知的，哪有啥物辦法？」金枝夾了一塊滷豬腳啃食。

在大多數人都吃不飽的戰爭時期，能吃上一塊豬腳是非常享受的事，那是因為邱家有養豬，政府對養豬也有管制措施，每隻豬仔買來都要剪耳做記號登記，但邱家同時會養大小不同的數批豬隻，有時會以營養不良為藉口，大隻換小隻偷宰，也會用收成不好為由私藏稻米，不過那是主人家好過，下人們還是半饑飽在度日。

阿妙馬上去拿一個小布袋，裝了兩合米拿來交給金枝，金枝沒有接過米袋，只瞄了一眼米的分量，隨口說：

「提予阿良。」

阿妙又默默拿去長工們吃飯的桌子交給阿良，阿良眼也不抬一下，伸手接過米袋。

阿妙轉身要回灶間做事，聞到桌上醃蜊仔的味道，感覺一陣噁心衝上喉頭，趕緊掩嘴奔到灶間門外的走廊排水溝嘔吐。

阿良忍住回頭看她的衝動，繼續扒著番薯簽飯。

金枝露出欣喜的神色與添財互望一眼，起身走到她身後關心詢問：

「妳敢是有身矣？」

阿妙吐完站起來，茫然的回答：「我嘛毋知，就是雄雄想欲吐。」

「妳月經偌久無來矣？」

阿妙想了想才回答：「干偌足久矣。」

每天都有忙不完的事，她根本沒時間注意這件事。

「明早我攑妳來去予先生節脈看覓。」金枝說完，回到添財身邊坐下來，喜孜孜的告訴他：「應該是有矣，咱就欲有孫倘抱矣，希望萬順去南洋以前會當放假返來，知也家己欲做老父矣，伊一定會足歡喜。」

萬成看見母親歡喜的模樣，很不是滋味的說：「敢一定會生查埔的？無定著會生查某的，莫歡喜了尚早。」

金枝狠狠瞪了萬成一眼，不想理會他。

阿妙等大家吃飽，過來準備收拾碗筷，難得金枝留下來幫她，大發慈悲的說：

「我來收就好，妳趕緊食飯，想欲食啥妳就食。」

平常她都是整理好飯廳和灶間後，才自己一個人吃飯，今晚她雖然吐光肚裡的東西，卻也沒有什麼食欲，只添了一碗絲瓜湯喝。

夜裡，她躺在床上，手掌放在肚尾微隆的一塊小丘上，想著已經入伍受訓的萬順是否也在想她？他受訓完就要被送上南洋戰場，肚裡的孩子如果等不到父親回來，不是太可憐了嗎？想著想著，眼淚從眼角滑入髮叢裡。

天未亮阿妙就起床煮早飯，炒菜時聞到油煙味又嘔吐起來，阿良進灶間要舀熱水漱洗，默默把這一幕看進眼裡。

晌午金枝帶阿妙去一家老中藥房給大夫把脈，大夫透過脈象證實阿妙已有身孕，金枝大方的買了幾帖安胎強健母體的中藥給阿妙補身，當晚飯後，阿妙用炭爐在灶間熬藥，阿良又進來舀熱水洗手臉，兩人冷淡的一句話都沒交談，他離開後，阿妙發現灶台上放著一個小紙包，打開裡面裝著一些話梅，她拿起一顆放入嘴巴，鹹酸直透心脾，讓她又流下兩行熱淚。

十

日本海軍在一九四一年十二月七日偷襲夏威夷珍珠港，十二月八日凌晨又向英國殖民地之馬來半島發動登陸作戰，突襲英國軍隊，隨後才向英美宣戰，太平洋戰爭就此開打，僅僅半年就佔領英屬殖民地馬來半島、香港、新加坡、緬甸，以及荷屬東印度群島，美國之殖民地菲律賓等東南亞和南太平洋一帶領域。

一九四二年四月，日軍為了防範美軍持續由側面攻擊日本本土，由海軍大將山本五十六積極策劃進攻中途島，卻因為密碼被美軍破譯成功，提早加強軍事防禦力量，加上日軍空襲中途島的主力雲南艦隊，發生一連串的戰事判斷失誤，讓美軍以一艘航艦沉沒為代價，擊沉日軍四艘航艦，中途島戰役失利讓日軍失去太平洋戰爭開戰以來的優勢，於西南太平洋與盟軍陷入消耗戰，戰情逐漸走下坡。即使如此，主導日本政府的野心軍事家，仍有計劃的透過台灣日本總督府進行募兵與徵兵政策，將一批一批無辜的台灣青年送上戰場。

一九四五年三月，萬順是首批集訓後被送往南洋為國家效力的台籍日本兵中的一員，出發前他放了三天假回來，知道阿妙懷孕欣喜若狂，直嚷著：

「我就欲做老父矣！我就欲做老父矣！」

添財在旁邊看著好笑，哼聲說：「騙人毋捌做過老父。」

夜裡，萬順與阿妙兩人相擁著，阿妙憂心忡忡的交代：

「你佇戰場一定要特別小心細膩，絕對袂使得尚過大意，知否？」

萬順用堅定的語氣保證：「妳毋免煩惱，為著恁母仔囝，我絕對會平安倒返來。」

兩天後，阿妙含著淚和金枝、添財一起站在歡送士兵的人群中，目送萬順身披紅綵帶光榮的前往戰地，金枝回頭看見她的眼淚，不高興的罵說：

「哭啥？是在哭衰的喔？」

阿妙咬著牙，深吸一口氣把眼淚逼回去，她瞭解自己從小被賣到邱家做養女，連哭的自由也沒有。

*

千惠吃過晚飯片刻，將幾條香蕉放入自己手作的花布袋裡，再把幾本向石原借的書也一起放進去，對正在客廳喝茶的父母親說：

「多桑、卡將，我有代誌出去一下。」

「暗矣，妳是欲去佗位？」美慈神情擔憂的問。

「我去還冊。」千惠邊說邊往外走。

「這個局勢無安寧，妳莫佇外面拋拋走。」伯元警告。

千惠聽若罔聞逕自出門，留下美慈和伯元無可奈何的相對嘆氣。

春天的夜晚仍有些許涼意，千惠穿著一襲短袖花洋裝，外面再加一件薄外套，烏黑的長髮披在肩上，頭上綁著一條淡藍色的絲巾當髮箍，洋溢著一股青春活潑的氣息。

她按了門鈴，臉紅心跳的等待著，石原穿著居家黑色長褲與白襯衫打開大門，看見千惠站在門外，眼神一亮問說：

「千惠小姐，怎麼會來呢？」

「我來歸還向石原先生借的書。」她故作鎮定的回答。

「請進。」他側身請她入內。

「還可以再借幾本嗎？」她禮貌的問。

「當然可以。」他欣然同意。

進入客廳後，她把香蕉先拿出來給他：「這是我父親的患者送的，算是謝禮。」

「謝謝，我去泡茶，想借什麼書妳自己挑。」

千惠將芥川龍之介的《羅生門》和兩本《文藝春秋》放回書櫃上，拿起一本夏目漱石的《少爺》翻閱。

「請喝茶。」石原用木托盤端來瓷器茶壺和兩個茶杯。

千惠揚一下手上的書，笑著對石原說：

「看來石原先生是文藝青年喔！」

石原輕鬆回答：「因為沒有足夠的才華當作家，所以只好當警察。」

「再向您借這本書吧！」千惠拿著書走到會客桌坐下來，端起石原倒給她的茶喝了一口，立刻稱讚說：「好茶！」

「台灣的茶葉品質很好。」

「跟日本的茶葉比較起來呢？」千惠神情頑皮的故意問他。

「各有特色。」石原圓滑的回答，用深思的眼神看著她，謹慎的問說：「我以為千惠小姐會因為姊夫的事，對我不諒解。」

千惠垂著眼，輕聲說：「我瞭解你必須公事公辦的立場。」

「謝謝妳能體諒。」石原放心似的說。

「您在意我會生氣嗎？」千惠試探的問。

「我不希望妳因此生我的氣。」石原態度保守的回答。

千惠的內心因為這句話而又喜悅跳動著，這證明他還是在意她的。

在北港街市，兩人常有碰面的機會，石原常騎馬四處巡視，千惠外出為父親開設的病院辦理事務時，會駐足凝視著他英姿煥發的身影，偶而目睹他用嚴厲的態度處罰違規的台灣民眾時，她也會感到心痛，例如看到有人隨地吐痰或走過神社沒有恭敬禮拜，都會被叫到面前用力掌摑，那些巴掌會像打在她的臉頰上一樣難堪，可是千惠的少女情懷又會站在他的立場替他解釋，因為他的職務必須管理台灣人民的行為，教育人民養成良好的生活習慣，所以才不得不採取嚴厲方式處罰犯規的民眾。

*

阿春自從來到北港陳家待產，除了沒有身分地位外，因為腹中的孩子，她過著如同少奶奶般養尊處優的日子，時局再艱難，殷商之家還是能過富足的生活，靠著黑市物資供應，阿春每天的飲食都有魚有肉，連同永隆似乎都因為營養充足而長高不少。

千佳對她的態度維持一貫的冷淡傲慢，不過在婆婆玉枝的鼓勵督促下，她逐漸願意學習扮演母親的角色，她給永隆買了許多童玩，空閒時間就來陪永隆玩耍，她也教永隆讀《三字經》，永隆雖然不滿三歲，卻已經會跟著她發音讀書，這讓千佳很有成就感，越發喜歡跟永隆相處在一起，有一次兩人單獨在客廳，千佳突然對永隆說：

「永隆，你叫我卡桑一下好否？卡～桑～。」

不明世事的永隆毫不遲疑的喚她：「卡桑。」

「乖囝仔。」千佳感動的將他摟進懷中。

去洗曬衣服回來的阿春在門外目睹這一幕，心裡不禁對千佳充滿同情，她是多麼想當母親而不可得啊？她的人生看起來什麼都不缺，無法生育卻是最大的遺憾。

隨著空襲次數增加，進丁決定讓玉枝帶著千佳和阿春疏開去鄉下避難兼待產，玉枝娘家在土庫，兄弟們都擁有許多房產與土地，要提供一個僻靜的處所供她們婆媳居住不是難事，他吩咐金火先回鄉去安排，再把需要的物資準備齊全運送過去，一切準備就緒，最後再聯絡千佳娘家派車來接人。

臨行前一天，玉枝把阿春和千佳叫進臥房，她坐在房間中央的客桌椅上，手上拿著一個圍裙似的布包，裡面可以像枕頭一樣塞棉絮進去。

「阿春，妳過來，我摸看覓。」她招手要阿春上前。

阿春挺著五個月的肚子靠近玉枝，玉枝用雙手撫摸著渾圓的肚子，量測肚圍的大小，然後也要求千佳過來一起撫摸。

千佳有些無可奈何的走到婆婆身邊的座位坐下來，阿春主動靠近她，她小心翼翼的伸出手，手掌貼在阿春的肚皮上觸摸，突然她受到驚嚇般的縮手，脫口而出：

「伊在振動。」

玉枝高興的說：「我看是在佮妳打招呼喔！」

「最近開始有在振動矣。」阿春微笑著說。

玉枝神情嚴肅的對千佳說：「我準備這個假腹肚是欲予妳瞞人的耳目的。」

「我是焉怎要裝假腹肚？我才毋要。」千佳神情忸怩的拒絕。

「妳若無想欲予人知也囝仔毋是妳生的，就要好好聽話，對妳有好無歹。」玉枝語重心長的說。

千佳沉默不語，由著玉枝為她綁上假肚子。

「以後腹肚漸漸大，裡面的棉仔會使得閣加入去。」玉枝教她。

千佳看著自己的假肚子，再看看阿春的，突然忍俊不禁的笑出聲來：

「感覺有夠好笑的。」她摸著肚子笑出眼淚。

玉枝告訴她：「明仔在拄好是初一，是廟裡尚濟人去拜拜的日子，咱欲疏開去土庫庄跤住，經過朝天宮我會順續撮妳入去拜拜，焉爾真緊大家就會知也妳有身矣。」

陳家在地方上素有名望，千佳久婚不孕已成民眾關注的目標，這點玉枝非常清楚，所以故意要藉拜拜讓千佳露臉，散布消息。

隔天吃過早飯後，林家司機已經在門外等待，進丁交代阿菊要小心照顧，偶而他會去看她們。玉枝坐進前座，千佳、阿春母子和隨行照顧的阿菊坐後座，去到媽祖宮，玉枝吩咐司機暫停，要阿春留在車上等候，婆媳二人手挽著手走入廟埕，阿菊提著一籃水果走在她們身後，立刻引起廟口民眾的注目。

裝著假肚子的千佳在眾人注目下難免有些彆扭，總是低垂著頭，開始有認識的婦人過來和玉枝打招呼。

「頭家娘恭喜喔！新婦有身矣。」

「已經五個月矣。」

「妳佮恁頭家做赫爾濟善事，天公伯一定會予恁生查埔孫。」

「感謝。」玉枝高興致謝。

開始參拜的時候，巧遇金枝也來拜拜，金枝看了一眼千佳的肚子，很有默契的轉移視線，高興的告訴玉枝：

「姊啊！阮新婦嘛有身矣。」

「真的？足好的，咱攏欲做阿嬤矣。」玉枝歡喜的抬高音調。

千佳心裡又不是滋味起來，阿妙和阿春都是沒讀書的村婦，為何她們要生育都很容易，唯獨她想生個孩子就那麼困難？

「阮阿妙今嘛正在病囝，攏食袂落，所以我來廟裡拜拜，求註生娘娘保庇，予囝仔會當平安落地。」金枝喜孜孜的笑說。

玉枝也笑說：「我嘛是焉爾想，我也有佮媽祖婆下願，若是予阮會當有查埔孫倘抱，我一定會扑金牌來答謝。」

也許是近日操煩要疏開去土庫鄉下住的事，加上今天一早就起床，玉枝突然感覺一陣暈眩站不穩，阿菊趕緊上前扶住她。

金枝滿臉憂慮的關心問：「姊啊！我看妳面色無好，妳敢有求媽祖婆保庇予妳的病好起來，焉爾毋才會當抱孫。」

玉枝故作輕鬆的回答：「當然嘛有，這世人若無予我抱著孫，我死目也毋願闔。」

金枝立刻激動的紅了眼眶：「呸！呸！呸！呸！講啥物死目毋願闔？咱兩個人結拜的時陣，講好欲做一世人的好姊妹，我才毋准妳比我先走。」

「好啦！好啦！我莫講死，希望這兩個未出世的囝仔，嘛會當像咱兩個同款，做好兄弟亦是好姊妹，互相關心照顧。」玉枝有感而發的說，陳家人丁單薄一直是玉枝最遺憾的事。

金枝眼神一亮，提議說：「姊啊！歸氣咱來親上加親，結一個囝仔親成妳想焉怎？」

「妳是講指腹為婚？也無一定拄好一男一女啊！」

「若是攏查埔的亦是攏查某的，就像咱焉爾認做契兄弟姊妹，細漢予個湊陣做夥培養感情，大漢互相幫助毋是介好？」金枝興沖沖的說著。

「我當然是贊成，毋閣猶是要由個查埔人做主才會行得。」玉枝顧慮周全的說。

「進丁佮阮頭的兩個是馬吉的，應該也無問題才對。」

「我佮新婦今仔日就欲疏開去土庫庄踮住，這件代誌以後再來好好參詳。」

「好，姊啊妳家己要好好保重。」

＊

在榕樹王庄的蔡家，阿春母子不在，只剩土水和圓仔兩個人，日子更加忙碌不已，大家看見他們買了赤牛和牛車，恭喜之餘都有些許疑惑，他們對外總是說用有義的薪水加上阿春出去幫傭先預支的錢買的，加上地主也有幫忙湊一些。他們家的地主是好人眾所皆知，如此一說也就無人再多問。

土水替赤牛母在埕邊蓋了一間用竹管搭的牛椆，牛椆裡還有一個可睡人的小隔間，簡單的木板睡鋪加上蚊帳，因為時局艱困，物資配給也常買不到肉，所以偷牛賊猖獗，夜裡他就陪著牛母睡牛椆。

有赤牛可以替人家耕田運貨，家裡的收入漸漸增加，他還是會抽空出去牽豬哥，有時去比較遠的村落就駕駛牛車，免得豬哥配種後還要走遠路回家，常常一路趴下休息不肯走。

傍晚時他會給赤牛燒稻草、稻殼熏蚊蟲，餵甘蔗尾或用米糠加豆粕泡水以竹管灌食，增加牠的營養，偶而他會摸著牠的頭，用充滿感情的語氣對牠說：

「牛欸，阮孫以後欲讀冊攏要靠你，予你辛苦矣。」牛欸從此成為牠的名字。

「個母囝毋知過了好否？」圓仔和他對坐吃晚飯時，常會想念起媳婦和孫子。

「絕對比佇咱兜閣較好。」土水直接了當的回答。

圓仔嘆著氣說：「我想嘛是焉爾。」隨即又關心的提起：「伊腹肚內的囝仔毋知有順序否？」

「陳家會照顧佮足好勢，毋免妳操煩啦！」

圓仔沉默半晌，又擔心的說：「伊以後一定會足心悶這個囝仔，心肝會像刀在割。」

換土水嘆氣回她：「兮嘛是伊家己選擇的。」

＊

千惠替父親跑銀行，經過北港派出所，再度面對她最不願意看到的一幕，兩個年約五十左右的台灣男人，像豬一樣手腳向後弓被捆綁，在派出所門口公然懲罰示眾，石原所長身穿筆挺警察制服，威嚴無比的拿著拇指粗的藤條，輪流用力抽打那兩個男人，被打的人立刻發出殺豬似的哀嚎。

周邊圍觀的群眾發出竊竊私語：

「這些四腳仔完全無佮台灣人當作人在看待，個的配給比咱好幾落倍，強欲佮咱枵死，當然嘛會偷刣豬。」

「豬是個家己飼的，偷刣一隻敢有偌大的罪過？要焉爾凌治人，真正有夠刑逆的。」

「石原這隻狗，平常就專門在欺負咱台灣的百姓，手段這爾狼毒，以後會袂好死。」

千惠站在圍觀的人群中，眼睛看著兇狠毒打犯人的石原，耳裡聽著眾人低聲辱罵他，心痛的淚水泛出眼眶。

怒氣發洩完畢，打累停手的石原，用銳利的眼神掃視圍觀的群眾，有那麼一瞬間，他的眼神與千惠交會又隨即避開，冷冷的轉身走入派出所，人群逐漸散去，獨留下千惠哀傷注視著那兩個被捆綁的男人，他們手腳上的條條血痕像烙印在她心上一樣。

＊

收割完四月早稻，又忙著犁田準備再插秧，即使空襲警報的水雷聲鬨時無閬日，添財還是每天去田裡忙著，有一天他在田裡修築田岸時警報聲響起，他還來不急去防空壕躲避，突然一架飛行機從他頭頂低空呼嘯而過，帶著墨鏡的美國阿督仔竟然向他招手露齒而笑，隨即朝向前方不遠處的一片蔗田掃射而過，把他嚇得用爬的躲到牛車旁，手腳發顫直唸著王爺公保庇，而原本在田頭吃草的水牛則狂奔無蹤。

添財直到警報解除後，才驚魂甫定的四處尋找牛隻，找到過午口乾舌燥才放棄走回家，卻看見那頭水牛已經在牛椆內悠閒的嚼食甘蔗尾，他不禁發起火來，拿起一把甘蔗尾拍打牛頭怒罵：

「你這隻畜牲也會知死？佮主人放咧做你走，無情無義，閣也會曉家己返來茨裡？」

金枝出來看見他狼狽的模樣，訝異的問：

「你是焉怎可溼佮規身軀全土啦？」

添財沒好氣的回答：「去予目睭濁濁的阿督仔驚著。」

「驚著要緊來去媽祖宮收驚。」金枝趕緊說。

*

住在玉枝土庫娘家大哥提供的一處磚造瓦房，獨棟的小院落在僻靜的鄉間住起來十分舒適，每天晨起吃過早飯，玉枝會邀千佳和阿春到外頭的鄉間小路走走，通常都是阿春攙扶著玉枝慢慢散步，反倒是千佳的注意力都在永隆身上，一路緊跟著好奇到處探索的永隆，或許真的是在學習如何當個好母親，或許是感覺跟孩子在一起比跟她相處更自在吧？阿春看著他們的背影心裡暗忖著。

阿春明顯感覺千佳故意與她疏遠的態度，彷彿在提防什麼一樣，就算在玉枝的督促下綁著假肚子出門，體驗與阿春相同的懷胎心情，從身心徹底接納自己即將有「親生的」孩子的事實，她對阿春總是若即若離，而阿春對她卻同情日深，不斷提醒自己，肚裡的孩子是千佳的，不是她的，連玉枝也是這樣不斷提醒她。

「阿春，我爲爾講對妳可能有較殘忍，我家己也是做老母的人，非常瞭解一個老母對拆腹腸生的囝，彼種永遠放袂落的心情，毋閣這是妳的選擇，這個囝仔註定佮妳無緣，所以妳一定要做好心裡準備，一旦囝仔出世離開妳的身軀，就是別人的。」玉枝和阿春遠遠看著正一起嬉耍的千佳和永隆，語重心長的說。

阿春只是含淚點點頭，沒有開口回答，她怕一說話就會忍不住哽咽哭泣。

半晌，看著遠方的玉枝又滿面憂愁的自語：

「今嘛台灣的空襲越來越漸，佇南洋的博文，毋知有法度平安返來看著個囝否？」

阿春看著玉枝越來越衰敗浮腫的面容，很是擔憂的勸她：

「吉人自有天相，頭家娘妳毋好尚過煩惱，家己的身體要顧予好，才有法度陪伴孫仔大漢，看陳家香火代代相傳。」

玉枝露出一絲無奈的苦笑，拍拍阿春扶著她的手背，感激的說：

「多謝妳。」

將近順月之時，進丁來土庫探望她們，和玉枝決定安排阿春去住千佳的娘家待產，一方面也為了醫治玉枝的身體，他看得出來她的心臟病似乎更加嚴重，浮腫加上氣喘的情形令人憂心。

回到娘家的千佳心情輕鬆愉快很多，至少不必再綁假肚子掩人耳目，她照樣睡以前未出嫁時的臥房，美慈安排阿春母子住在大兒子承志的房間，承志跟父親一樣從醫，去日本帝大就讀醫學部時與同班同學鈴子交往，最後決定在日本結婚執業，由於夫妻都是醫生，忙得至今尚未生育子女。

快要三歲的永隆正處於學習能力很強的階段，對於他聰明活潑的模樣，林家上下都很喜歡他，千佳獻寶似的叫永隆背《三字經》給大家聽，千惠教他唱日語兒歌，學校因為空襲頻繁而停課的承杰也很喜歡和永隆玩遊戲，讓伯元看得笑說：

「真正是一個囝仔較好三個大人。」

「無偌久以後，咱嘛會有外孫矣。」美慈刻意提醒。

伯元看了妻子一眼，點頭同意：「是啊！就欲有外孫矣。」

六月火燒埔的季節，夜裡雖然暑氣稍降，對大腹便便的產婦而言，就算電風扇對著直吹，仍燠熱難眠，彷彿連孩子都受不了天氣似，胎動頻頻。一天深夜，好不容易入睡的阿春被陣痛喚醒，她鎮定的走去輕輕敲幾下千佳的房門，千佳披散著頭髮滿臉睡意的看著她：

「啥物代誌？」

「少奶奶，我腹肚開始在催陣，就欲生矣。」

千佳頓時清醒過來，慌亂的接口：「就欲生矣？焉爾欲焉怎？啊！應該叫阮多桑起來才對。」

阿春微笑安撫她：「慢慢來無要緊，拄才開始催陣耳耳，欲生無赫快，佮永隆抱去妳的房間睏好否？」

千佳回說：「好。」立刻去把永隆抱進她的房間。

阿春將事先準備好的油紙與草紙鋪在榻榻米上，躺著等候一波一波的陣痛到來，千佳先在旁邊陪她一會兒，像個孩子似充滿好奇的問著：

「感覺焉怎？會足疼否？」

阿春忍著宮縮的疼痛，皺眉淺笑的說：「猶無算足痛。」

「我敢會使得摸妳的腹肚看覓？」千佳猶豫的問。

阿春點頭：「妳摸無要緊。」

千佳伸出手直接從衣服下撫摸渾圓硬挺的肚皮，她清楚感受到阿春肚皮下的宮縮頻率，加上隨呼吸起伏的胎動，讓她彷彿也正一起經歷女人生產時的驚濤駭浪。

當阿春因疼痛感增強而忍不住發出呻吟，千佳觸電似縮手，眼眶含淚的走出房間去請父母起床，由她的父母兩個人幫忙接生，她默默回到自己房間，看著正在她的床上熟睡的永隆，一股離別的愁緒突然湧上心頭。

千佳在房間等待孩子出生，心裡突然充滿期待，孩子會長得像博文嗎？是男孩還是女孩？她暗自向上天祈求，希望阿春能為她生一個兒子，讓她完成為陳家傳宗接代的責任，這種借腹生子的事，她不想再經歷第二次。

因為是第二胎，阿春天未亮就把孩子生下來，千佳一聽見嬰兒的哭聲，立刻衝進阿春的房間問：

「生查埔的猶是查某的？」

美慈雙手托著一個渾身血跡的嬰兒，出聲嚷著：

「門趕緊關起來，莫予風吹入來。」

千佳看著母親將嬰兒放入備好的溫水中清洗，性別清楚呈現在眼前，她不禁喜極而泣說：

「是後生，我已經盡著替陳家傳香火的責任矣。」

美慈將嬰兒清洗好用布巾包裹著，放入千佳的懷抱，對她說：

「佮恁囝抱予好。」

千佳充滿柔情的凝望著孩子，癡癡的呢喃：

「我的乖囝，我是你的卡桑喔！」

穿著手術衣的伯元已經幫產婦做完生產後的照護工作，讓阿春舒適的躺在床上休息，但滿臉倦容的阿春眼睛全放在孩子身上，看著千佳疼惜孩子的模樣，她忍不住怯怯地開口要求：

「少奶奶，囝仔敢會使得予我抱一下？我想欲佮伊飼奶。」

千佳與母親對望一眼，猶豫著，伯元輕聲說：

「予囝仔食一個月母奶較好搖飼。」

千佳只好把孩子抱過去交給阿春，阿春接過孩子放進臂彎，立刻解開衣扣，乳汁自然汩流入孩子的口中，孩子很快本能的吸吮起來。她低頭看著孩子神情安然的臉龐，五官隱約可見博文的模樣，她一心只專注在孩子身上，完全沒注意千佳那充滿嫉妒的表情。

十一

得知陳家添了男丁，身體虛弱的玉枝還是堅持要出門看孫子，她從土庫回北港就病倒了，伯元來為她診治時，曾憂心的警告進丁要留意她有可能會心臟驟停，對於結縭一輩子的髮妻隨時會離開人世的事，他雖然做好心理準備，有時還是難免惶恐憂傷。

玉枝吩咐金火去收購要替阿春坐月子的土雞，又叫滿福嫂去採買一份瓜果，在進丁的陪伴下坐阿興踩的三輪車先去媽祖宮燒香答謝，稟告孩子滿月當天會帶著金牌和油飯來還願。進丁順便去位於媽祖宮旁邊的擇日命相館，拜訪地方聞名的昆明師，請求為孫子取個大吉大利的名字，他留下孫子的生辰八字給昆明師，約好三天後再來共同研究參酌。

來到林家，伯元已經去病院看診，由美慈接待他們，彼此互相恭喜終於添孫了。

「月內房你莫入去，我去看孫就好。」玉枝歡喜的對進丁說。

進丁只好留在客廳等待，美慈端出現泡的熱茶，笑著告訴他：

「囝仔的面模仔生做足成博文的，未來宛若是緣投仔桑。」

「千佳呢？」進丁關心問。

「伊昨暝規暗無睏，當咧補眠。」

玉枝進房時阿春正在餵奶，她在床沿坐下，由衷感謝說：

「予妳辛苦矣，替阮陳家生一個查埔孫。」

阿春將吸飽奶水睡著的孩子交到玉枝手上，玉枝如同捧著寶貝般，滿臉慈愛的笑容凝視著孩子熟睡的臉龐，發出讚嘆：

「人講囝仔袂偷生得，這面顱仔佮博文細漢的時陣一模一樣，干若模仔印的，阮陳家有後嗣矣，我對祖先也會當交代矣，我的身體若是會使拖到看著博文返來，就真正無啥物遺憾矣。」她說到後來忍不住有些感傷。

阿春安慰她說：「一定會使得的，頭家娘，妳要對家己有信心。」

玉枝轉移話題告訴阿春：「我有吩咐金火去買雞欲幫妳做月內，妳的奶水敢有充足？是毋是要叫滿福嫂仔煮土豆豬腳佮妳催奶？」

阿春微笑著說：「毋免啦！奶水有夠啦！」

玉枝看完孫子出去後，得意洋洋的告訴進丁：

「咱孫有夠緣投的，閣足福相，以後一定大富大貴。」

美慈笑著回答：「今嘛已經是出世佇富貴人家矣！」

三天後，進丁為孫子取名的事再去擇日命相館，昆明師拿出他為孩子排的四柱八字，按照配合命盤的吉祥筆劃，提供三個名字供進丁選擇，進丁當下就屬意世傳或永傳，兩個名字都深富永世流傳的意涵。

但他還是對昆明師說：「我返去佮阮新婦參詳一下。」

昆明師收下進丁給的先生禮，特別叮囑說：

「這個囝仔命底真好，富貴雙全，將來讀冊栽培做醫生猶是大官攏有夠格，毋閣佇伊十三歲彼一年要特別細膩，不只犯太歲，災星水厄值本命宮，千萬毋倘予伊去耍水。」

「好，感謝你。」進丁起身道謝。

他拿著寫有姓名八字命盤的紅紙，離開昆明師的擇日命相館前往媳婦娘家，和千佳商量孩子取名的事。

「永傳佮世傳兩個名，我是感覺號永傳較好——」他尚未說完，立刻被媳婦否決。

「我較佮意世傳這個名，號世傳好矣。」千佳果決的說。

進丁心中有數，永隆的名字是他幫忙取的，如果孩子取名永傳，就等於默認他們是同母異父兄弟的事實，站在千佳的立場，她不希望兩人之間有任何關連的想法很明確。他私心是希望兩兄弟在這世間能互相照顧，但媳婦的心情他也不得不顧慮。

「妳若較佮意世傳，就叫做世傳好矣，妳是囝仔的老母，我尊重妳的決定。」進丁開明的對媳婦說。

阿春坐月子期間，永隆都由千佳幫忙照顧，小小年紀的永隆並不瞭解世傳與他之間的關係，只是對突然出現的嬰兒十分好奇，一直想去摸他的臉，阿春怕他不知輕重，出聲阻止：

「永隆，袂使得摸喔！小弟猶細漢。」

千佳聞言，立刻冷冷的糾正：「誰是伊的小弟？請妳毋倘袂記得，個兩人中間無任何的關係。」

阿春心痛無語，強忍著即將奪眶而出的淚水。

滿月的前一天，美慈為千佳找來的奶媽先來報到，準備接手照顧嬰兒，奶媽名叫阿月，年約二十五歲，丈夫在鄰村種田，剛生完第四胎是女兒，送給別人當養女，自己出來賺錢養家。美慈立刻讓阿月給世傳哺乳，也許是母奶的味道改變，世傳不時哭泣不肯吸吮，阿春在旁邊看得著急不已，忍不住哀求說：

「可能食袂慣習，囝仔腹肚枵矣，予我佮伊飼奶好否？」

美慈狠著心對阿春說：「已經欲滿月矣，妳明仔在就要返去庄跤，袂慣習嘛要沓沓慣習。」

雖然早就知道分別在即，聽到這番話，阿春的心還是猶如針刺，兩行熱淚滑落被養得白胖的臉頰。

美慈心軟，又柔聲勸她：「猶佇月內咧，袂使得流目屎，做老母的一定會毋甘囝，這是想會到的代誌，當初妳敢無考慮清楚？這陣才來啼啼哭哭有啥路用？」

阿春抱著最後一絲希望向美慈哀求：「先生娘，恁敢會使得予我加住一陣仔，等囝仔較大漢一須仔……。」

美慈沒等她說完，立刻嚴肅拒絕：「兮是無可能的代誌，時間拖愈久，妳會愈行袂開腳，何必呢？」

美慈帶著奶媽抱世傳決然離去，留下阿春孤立無援，淚水成河。

滿月當天，陳家的廚房一早就開始炊油飯，煮滿月雞酒準備招待親友，金火調來幾個長工供滿福嫂差遣，加上下女阿菊、阿玉幫忙殺雞拔毛，全家上下充滿喜氣。

晌午進丁和玉枝帶著油飯和雞酒一起來媳婦娘家迎接金孫，剝頭婆正在為世傳剃頭、沐浴，澡盆裡放著象徵不愁錢財的金幣，象徵耳聰目明的青蔥和龍眼葉，要替孩子壯膽及象徵做人圓融的鵝卵石，還有煮熟的雞蛋和鴨蛋，象徵脫殼而出。外婆美慈為他訂製的滿月衣帽縫著吉祥如意金飾，還有要戴在頸項上的長命鎖，林家人全部都聚在千佳房裡看熱鬧。

阿春愁容滿面的在房間裡整理包袱，永隆跑來跑去湊熱鬧，完全不懂離別的惆悵。

玉枝和進丁進房間看她，阿春見到他們立刻紅了眼眶。

「阿春，敢需要我安排車送恁母仔囝返去？」進丁關心詢問。

阿春搖頭：「焉爾尚刺人的目，我家己坐車返去就好。」

玉枝拿出一個紅包和一個裝著金飾的紅錦袋，牽起阿春的手塞到她手裡：

「阿春，這是我佮頭家欲予妳的一點仔心意，答謝妳懷胎十個月的辛苦，予阮陳家會行得傳宗接代。」

阿春掙扎著想拒絕：「毋免啦！大家照聘照行，恁無需要閣加予我啥物答謝。」

玉枝緊捏住她的手，不讓她把手裡的紅包和金飾推還：

「無要緊，妳要佮這份私奇藏起來，以備日後欲栽培永隆倘好參添。」

阿春流下兩行淚水，哽咽哀求：「我的心肝足艱苦的，敢會使得予我做世傳的奶母？等伊斷奶了後我再離開？」

玉枝雖然露出同情的神色，卻還是狠心拒絕她：

「袂使焉爾，妳也清楚這個囝仔毋是妳的，妳愈早離開對大家攏好，妳趕緊佮包袱仔款款予好，我叫阿興量早送恁去車站坐車。」

玉枝怕自己心軟，拉著進丁離開房間。

世傳剃頭、沐浴完畢，美慈親自為他穿上繡有卍字的新衣服，戴上縫著八卦薄金片的帽子，再將一條黃金打造的天官鎖掛在他的脖子上，用被巾包裹好交到進丁的手上。

進丁笑得閤不攏嘴，輕輕搖晃的逗著孩子說：

「喔！阮世傳做滿月，雞卵面、鴨卵面，媠佮無人認矣。」

千惠在旁邊笑說：「卡將，妳扑這個天官鎖未免尚大塊？」

「哪會？」美慈也笑咪咪的逗著孩子說：「予天公伯保庇咱世傳頭殼硬、敖大漢，一世人平平安安，富貴雙全。」

「若是準備好就出發，咱閣要去媽祖宮還願咧。」玉枝催促著。

世傳此時卻突然哇哇大哭起來，美慈笑說：

「世傳腹肚一定在枵矣，奶母緊來飼奶。」

奶媽阿月過來抱走孩子，到旁邊的椅子坐下來，解開衣鈕為孩子哺乳，世傳卻還是只吸兩口便又哇哇哭鬧，奶媽再度將奶頭塞入他口中，他卻拒絕吸吮且哭得更兇。

「哪會毋食奶？」進丁憂心的問。

千佳在一旁生氣的說：「早知囝仔會認奶，一出世就予伊啉牛奶就無這款代誌。」看孫子哭得一臉脹紅的模樣，進丁深感為難，他想要替阿春爭取充任奶媽，卻也很清楚媳婦的個性不可能同意。

美慈緩頰說：「拄開始袂慣習是正常的，過兩日就好矣。」

阿春走出房門，卑怯的開口哀求說：「敢會當予我最後一擺佮伊飼奶？」

在場所有人彼此互望著，無人忍心拒絕這個哀求，進丁趕緊過去將世傳抱來給阿春，邊打圓場說：「好啦！囝仔腹肚枵一直哭嘛毋是辦法，趕緊佮伊飼予飽倘好返去茨拜公媽。」

阿春抱著世傳坐下來給他餵奶，乳頭剛接觸到他的嘴唇，世傳立刻如獲甘霖般用力吸吮吞嚥母親的奶水，饑渴的模樣讓阿春看得心如刀割，淚珠成串滴落在孩子稚嫩的臉上，她趕緊別過頭去，悲切嗚咽的樣子連千佳都不忍心看。

孩子吃飽熟睡後，美慈來抱走孩子交給千佳，阿春的眼淚未曾停止，眼睛一刻也沒離開過孩子。

進丁請千惠和承杰幫忙阿春拿包袱去坐阿興的三輪車，由阿興送他們母子去車站坐車，千惠和承杰依依不捨的和永隆揮手道別，對於阿春的傷悲誰也無能為力多說什麼。

千佳抱著世傳和公婆、奶媽一起坐父親的轎車回陳家去，途經媽祖宮他們先下車還願，玉枝早已打造一面大金牌要答謝媽祖，還有用兩只謝籃裝著的油飯和雞酒，祈求媽祖與註生娘娘能保佑孩子平安長大成人。在廟裡燒香的民眾有認識他們的，都上前來道賀，進丁也歡喜邀請大家去陳宅吃雞酒。

回到陳家大宅，所有要祭拜祖先的東西全準備就序，滿滿一大盆油飯和雞酒，空氣中洋溢著濃濃的喜氣。

因為配合皇民化政策，陳家大廳也供奉日照大神的神棚，祖先牌位只好收藏在進丁的書房櫃子裡，祭拜時才請出來擺在飯廳的桌子上，對於這件事進丁也常在私下批評日本政府是「乞丐趕廟公」。千佳抱著世傳站在祖先牌位前，由進丁和玉枝拿香稟告陳家祖先。

世傳滿月，進丁夫妻的一些好友都來祝賀，孩子的小手上戴滿戒指，脖子上也多了幾條金鎖片，添財和金枝當然也來湊熱鬧，金枝趁著客人都吃飽離開後，再次提起兩家後代親上加親的事，若是正好一對就「指腹為婚」，若是性別相同就結為異姓兄弟姐妹，彼此互相照顧，這個提議進丁和添財都贊成。

「我當然也真希望阮阿妙會當佮萬順生一個後生，毋閣若是生著查某囝，以後欲嫁來恁兜，我絕對予伊田園幾落甲做嫁妝。」添財豪氣的說。

「若焉爾要叫阿妙佮查某囝生予較媠咧，袂當生做成阿公的形，若無以後阮欲退貨。」進丁開玩笑說。

「真希望我看會著這工。」玉枝微笑說，氣色暗沉浮腫的臉上有一些落寞的神情。

阿春被阿興送到車站，阿興一調頭離開，她隨即用揹巾把永隆揹在背上，挽著一個大包袱疾步往陳家的方向走，她躲在陳家大宅圍牆外的一個隱蔽角落，遠遠觀望陳家賀客盈門的熱鬧光景，為了避人耳目時而徘徊，不忍離去。

阿菊瞥見阿春在外面張望的身影，私下向進丁稟告，進丁抽空出來察看，阿春無處可躲藏，只好轉身急著走開，進丁叫住她說：

「阿春，妳焉爾是何覓苦呢？」

阿春像做錯事的孩子般低垂著頭，流淚不語。

進丁長嘆一聲，允諾說：「妳返去好好過日，只要妳答應莫佮囝仔相認，五年後我閣去收租的時陣，會攑世傳去予妳看。」

阿春哭紅的眼睛裡燃起一絲希望的火苗，她露出感激的笑容，點頭保證：

「我會行得咒詛，這世人我攏袂佮伊相認，只要會當予我看著伊就好。」

「我會盡量成全妳。」進丁慎重的說。

望著阿春寬心離去的背影，進丁又忍不住發出一聲長嘆。

*

一九四五年八月十五日，玉音放送傳出一個驚人的消息，日本天皇宣布戰敗投降，進丁忍不住打電話給伯元，激動的告訴他：

「日本戰敗，咱台灣人欲出頭天矣。」

電話中的伯元也同樣難掩激動的情緒回答：「咱總算毋免閣予人強逼做二等的日本國民，會當自由講台灣話，重視咱家己的文化傳統。」

進丁關心問：「只是恁佇日本彼個大漢後生欲焉怎？伊佇日本敢有平安。」

「昨昏伊有敲電報返來報平安，講目前當在救治患者，過一陣仔再來考慮是毋是欲返來台灣。」

當天，乃木院長如常冷靜看診，神情看不出有任何異樣，患者似乎很有默契的不在他面前提到日本戰敗的事，只在私下議論紛紛，台灣的未來會如何？目前誰也說不出個所以然。

當晚，伯元和美慈去乃木家拜訪，私下交談他才透露出內心的沉痛。

「聽說廣島和長崎被投原子炸彈，死了很多人，我應該趕緊回去救人，但是現在交通暫時中斷，我什麼也無法做……。」乃木說到一半，掩面啜泣起來。

坐在他身邊的幸子伸手環抱住他，兩夫妻一同悲傷流淚。

伯元夫妻也不知如何安慰他們，在心理上，他是欣慰台灣終於可以結束被壓榨的命運，但在情感上還是會有幾分不捨的情緒，他的許多同學、朋友都是日本人，彼此交情深厚，也許是因為他屬於台灣人的精英分子，和他們較能平起平坐。

「人民是無辜的。」伯元感嘆的說。

「都是軍事野心讓日本亡國。」乃木拿出手帕擦乾眼淚，強作鎮定的評斷。

「接下來你們有什麼打算？」美慈關心的問。

「我們必須趕快回去才行，我有家人在廣島，完全不知道他們的生死。」幸子哽咽回答。

「這段時間社會很混亂，你們盡量不要外出，免得發生意外。」美慈細心提醒。

伯元看法相同：「過去台灣人受日本統治，累積不少民怨，怕會有不理性的報復行為，真的要提高警覺。」

「如果生活上有什麼需要，打電話給我就好，我會幫忙送過來。」美慈主動表示。

幸子看著站在旁邊也是一臉愁容的三個孩子，一再向伯元夫妻道謝，孩子們都在台灣出生成長，他們都不希望離開台灣的心情她能體會。

「我們來台灣這麼多年，深受你們夫妻的器重和照顧，真的萬分感謝。」乃木由衷表達謝意。

伯元有些激動的回答：「應該是我要向你道謝才是，感謝你對北港在地百姓健康上的照顧，你將患者當做親人醫治的精神，我會繼續延續下去。」

乃木向伯元伸出手，兩人緊緊相握，眼神堅定的互相凝望著，情感交流盡在不言中。

隔天，乃木仍然照常到醫院上班，沒有遭到任何不良分子挑釁，過去他對患者的用心照顧，地方上素有好評，但其他人就不一定這麼幸運。來台工作的日本各種專業技術人員接受總督府指示，繼續留在原職務待命，暫時繼續維持台灣社會正常運作，一面等待安排遣返通知。與乃木家同住一個眷舍區的其他日本家庭，開始遭受排斥，去市場買不到食物是常有的事，以前有配給制度的保障，物資雖不豐盈至少價格穩定，現在呈無政府狀態，買東西被故意哄抬價格刁難，加上薪水無法正常發放，只好開始變賣東西度日，但是不論是在當鋪或路邊擺地攤販售，仍會遭受蓄意剝削。

幸子受丈夫名聲庇蔭，地方上的百姓十分禮遇她，常有人怕他們生活困難，偷偷擺放農產品在門口，所以她主動負起照顧其他家庭的責任，有物資就平均分配給大家，希望共同度過等待遣返這段最難熬的日子。

與所有技術人員相較，身為執法的警察人員與負責協助治安管理的保正，受到的報復就相對嚴峻，即使閉門不出，仍不時有民眾在門外叫囂謾罵，丟擲石頭、雜物等不理性的行為，尤其是過去曾遭受過執法處分的人，終於等到可以出一口氣的機會怎麼會輕易放過？

過去一向狗傍虎威的保正大人黃泰山，如今變成過街老鼠，他在街上被打了兩回後，就躲藏起來不敢露面，事業交給兒子經營還是受到商場抵制，再也無人把番薯簽交給他們賣，沒幾天就從番薯簽市退出。

千惠一直擔心石原會受到報復，所以夜裡偷偷到他住處門外徘徊，看見大門被惡意潑豬屎尿，她的心中無比沉痛，他的屋內明明有燈光透出，按他的門鈴卻許久無人應門，只好將帶來的食物從矮牆上放入他的大門邊，隔天再去察看，食物一直沒出來拿走，連續三天後，千惠終於忍受不住掛念，不管是不是會干擾到隔壁鄰居，像在做意志拔河般，不停的按著門鈴，直到滿頭亂髮鬍渣的他出來開門為止。

千惠看見他安然無恙總算放心，隨即轉為生氣的推開他，逕自走進他屋裡，客廳會客桌上擺放幾個酒瓶，還有一把短刀，甚至還有一紙遺書，她驀然轉身面對他，厲聲質問：「你想做什麼？」

石原露出一絲苦笑，自嘲說：「我的祖先都是日本武士，切腹自殺是一個武士殉國的最高榮譽，但無人幫忙介錯，那會死得很痛苦，考慮了兩天又沒有勇氣。」

千惠含著眼淚嚴詞責備：「自殺是懦夫的行為，勇者會想辦法度過困難，為了你在日本的家人，請你無論如何都要勇敢的活下去。」

石原用試探的語氣問她：「千惠小姐為什麼要對我這麼好？」

千惠驟然紅透臉，支吾其詞回答：「我們……是朋友，不是嗎？」

也許是喝了酒，石原大膽的表白：「其實我很喜歡千惠小姐，只是一直壓抑自己。」

千惠怦然心動，不解的問他：「為什麼要壓抑？」

「因為我的家族有很強烈的階級觀念，我怕他們無法接納妳。」石原為難的說。

說穿了還是階級問題，台灣人在日本人的眼裡，終歸是次等國民，千惠悲哀的想著。

「重要的是你自己的心，你想不想跟我成為人生的伴侶？」千惠充滿深情的凝視著他。

她沒有等他說出答案便離去，知道他也喜歡她就夠了，長久以來的暗戀有了正面回應，她不急著想知道答案，距離遣返還有一段時間，她希望到時候他有勇氣開口要求她跟他回日本，她已做好為愛走天涯的心理準備，如果他選擇放棄這份感情，她也會將它珍藏在心底。

十二

第一批從南洋返回北港的台籍日本兵鄭阿土與萬順是鄰居，他一路捧著萬順的骨灰將他帶到家門口，添財吃飽午飯正在客廳蹺腳抽煙斗，金枝坐在一旁剁土豆。

「阿土仔，你返來矣？阮萬順咧？」金枝看見阿土立刻急切追問。她的目光落在阿土手上捧著的一個黃布包裹物，面色轉為慘白。

阿土神情哀傷的大聲呼喚：「萬順仔，我撮你返來到茨矣，過戶橂喔！」

阿土捧著萬順的骨灰大步跨入門檻，邱家客廳的案桌已經恢復原狀，日照大神的神棚早已拆除，祖先牌位重新放回本來的位置上，阿土將骨灰罈恭敬的擺放在祖先牌位前方的供桌上。

阿妙挺著即將順月的肚子，聞聲從房間奔出，神情悽然的與阿土對望，再看著桌上的骨灰罈愣了半晌。

「你這個不孝子！」添財痛心疾首地舉起長煙斗要去敲打骨灰罈，金枝立刻將他攔住。

「你是在起痟呢？伊有命去無命回已經有夠可憐矣，你哪忍心佮伊揁？」金枝哭著罵說。

「佪父都猶袂死咧，伊哪會使得先走？」添財哭著說。

金枝趺坐在地，唱起哭調：「我的心肝囝喂！你哪會使放某放囝，放父母做你去咧……。」

阿妙喉嚨像被什麼梗住一樣，只能發出低沉的乾嚎，兩行眼淚垂掛在悲愴無助的青春臉龐上，隨著金枝越哭越傷心，阿妙感覺一股溫熱的液體沿著大腿流下，她低頭看著地面，驚恐的告訴正在撕心裂肺哭嚎的金枝：

「阿母！我流血矣。」

金枝一見阿妙落紅，立刻收起傷悲，趕緊催促添財說：

「你趕緊去請產婆來。」

她自己則扶著阿妙回去房間，為她鋪好事先準備的油紙和草紙，讓阿妙躺在床上待產。因為是頭胎又提早生產，阿妙足足痛了一天一夜孩子還生不下來，阿良夜裡聽著阿妙痛苦的哀嚎，就像身為丈夫般緊張不捨，怎麼也睡不著，起身在屋外踱步好幾回，直到雞叫好幾回，天濛濛亮時，終於聽見嬰兒的哭聲，他一顆懸著的心才落實下來。

看到生的是女嬰，添財和金枝雖然有些失望，但想到萬順已死，血脈有傳總比沒有好，況且生女兒正好與陳家的世傳配做一對，兩家門當戶對親上加親，也是一樁美事。

「可憐嬰喔！出世就無老父倘疼惜，妳哪會這爾歹命？我可憐的孫喔！」金枝望著懷裡的孫女不斷發出嚶嚶哭啼，彷彿正回應著她的話語似，令人更加心疼不捨。

添財嘆著氣，從窗口玻璃望出去，看見種在埕尾圍牆邊的一棵玉蘭花開了許多花苞，起風時總會送來一陣清香。

他告訴金枝：「妁孫的名就叫玉蘭好矣。」

玉枝聽說阿妙生了女兒，也得知萬順的事，堅持拖著病體去邱家探望，進丁吩咐滿福嫂去漢藥房買來幾帖補藥，和一盒龜鹿二仙膠，帶去給產婦坐月子。阿興的三輪車一進入邱家大埕，添財和金枝立刻走出大廳迎接他們。

「這欲予恁新婦做月內的。」進丁將補品交給添財。

「哪著這爾工夫。」添財客氣的說，夫妻兩人都明顯哭紅眼睛。

金枝過去攙扶玉枝，眼淚卻忍不住成串滑落憔悴的臉頰。

「姊啊！我一個囝無去矣。」

玉枝看著仍放在邱家祖先牌位前的骨灰罈，也和金枝一起掉眼淚，心疼不捨的哭著說：

「這個可憐的囝仔，無彩自細漢古意閣骨力，一個活跳跳的少年家，變成袋佇骨頭甕仔予人捧返來，這條數是欲揣誰討？」

金枝在客廳裡抱著玉枝失聲痛哭：「阿姊，是邱家福薄，無法度致蔭囝孫，也是阮萬順註定短命啦！希望恁博文會當平安倒返來，毋倘像阮萬順焉爾。」

金枝因為傷心過度，沒有注意自己的話會刺激到玉枝，添財在旁邊立刻出聲斥責她：

「妳是在亂講啥貨？陳家佇地方上做偌濟鋪橋造路的代誌，博文一定會平安返來，只是較慢一屑仔耳耳。」

金枝馬上改口說：「是啦！我的意思嘛是焉爾。」

玉枝卻還是擔憂的哭著：「阮博文到單猶無消無息，也毋知是生是死，我逐工攏煩惱佮袂食袂睏得，阮母仔囝這世人敢猶有見面的一工？」

金枝拍著哭得喘息不止的玉枝後背，幫她順氣，邊安慰說：

「無消息就是好消息啦！可能是船班耽誤著，應該毋免偌久伊就會返來到台灣矣。」

屋裡傳出嬰兒的哭聲，玉枝擦乾眼淚對金枝說：

「咱來去看恁的妎孫。」

添財陪進丁在客廳喝茶，金枝扶著玉枝走進阿妙的房間，阿妙正坐在床上給女兒換尿布，看見玉枝立刻點頭問候：

「阿姨，妳來坐呢？」

「我特別來看恁母仔囝。」玉枝坐在統鋪的床沿，看著還在啼哭的嬰兒說：「看這個面模仔媠嬰嬰，捌日仔一定是一個大美人。」

金枝在旁邊說：「我這個可憐的妁孫，一出世就無老父，無彩生做這爾媠，猶是歹命啦！」

阿妙一聽婆婆這樣說，眼淚隨即滴落下來，玉枝趕緊提醒她：

「莫哭，莫哭，月內人流目屎對目睭無好。」接著反駁金枝的話說：「這是阮陳家未來的孫新婦，哪會歹命？」

阿妙止住淚水，抱起女兒開始餵奶。

金枝感激的說：「阿姊，感謝妳無棄嫌阮這個妁孫，以後就佽望恁陳家疼惜伊矣。」

玉枝關心問：「敢有號名矣？」

「有啦！個阿公家己號的，叫做玉蘭。」金枝回答。

「玉蘭，這個名好，優雅清芳。」玉枝滿意的說。

兩人回到客廳，玉枝問添財：「恁敢有按算欲替萬順舉辦喪事？」

添財為難的說：「拄才阮兩個才參詳過，因為已經火化才送返來，所以喪事就無辦矣，會請地理師看一門較好的風水，閣請司公替伊唸經超度就好。」

玉枝點頭贊成，告訴金枝說：「等玉蘭滿月了後，咱再揀一個好時好日，正式佮兩個囝仔訂親，交換一個信物咧。」

聽說萬順死在戰地的事，千佳可說度日如年，丈夫生死未卜，婆婆卻在此時病倒，那日從邱家回來，也許外出時感染風寒，入夜就開始發燒，幾乎喘不過氣來，進丁緊急向伯元求助，伯元和美慈馬上趕到陳家看診，順便看看外孫。

替玉枝做完診斷，打了針，重新配藥並交代服侍的阿菊後，示意進丁去外面客廳說話。

「伊的心臟狀況已經足歹矣，像一粒強欲定去的馬達同款，今嘛閣感染風寒，你要有心理準備。」伯元神情凝重的告訴進丁。

進丁一聽，立刻紅了眼眶，無奈的回答：

「我早就有心理準備，只是心肝猶是會毋甘。」

千佳去奶媽房間抱世傳出來給父母看，美慈接過外孫，高興的逗著他。

「世傳才三個外月耳耳，就這爾目色巧，看著外嬤不但目睭掠我晶晶看，閣會對我笑呢！干偌會認得我的款。」美慈笑說。

伯元消遣她：「人講生一個囝白賊三冬，連外嬤也會白賊摻落。」

美慈不服氣的回嘴：「真的啦！毋信你家己弄伊看覓，看伊會認得你否？」

千佳露出慈愛的表情看著母親懷中的兒子，同意母親的話：

「伊真正會認人矣，看著我會笑佮足歡喜呢！」

伯元對進丁笑說：「兩個母仔囝拄好一對。」

*

一九四六年五月初博文和空卿穿著破舊的軍服從靠站的客運車走下來，手上抓著綠色的軍用包袱，天色已暗，原本熱鬧的街市家家緊掩門扉，陣陣寒風襲人，蕭瑟中隱含一股肅殺之氣。

看著街道上仍懸掛著經過日曬雨淋而退色的紅布條，寫著「歡迎祖國同胞」、「慶祝台灣光復」，以及幾戶人家門口插著的青天白日滿地紅的國旗，空卿不禁興奮的嚷著：

「台灣光復矣！回歸祖國矣！咱台灣人真正出頭天矣！」

博文不發一語，他的心情仍然很複雜，在菲律賓經歷過許多戰場的驚險殘酷，身為後方的醫療人員，雖然危險性沒那麼高，但每天要處理許多因為受傷被送來醫務站的同胞，有日本籍也有台灣籍，他都必須盡全力與死神拔河，犧牲那麼多無辜的生命，結果日本卻戰敗投降，怎不令人感慨？他和空卿所屬的單位長官甚至不願接受戰敗的事實，隱瞞大家仍舊繼續頑抗，所以他和空卿才會延遲八個月之久才回到台灣。

他和空卿在半路分手，各自走向回家的道路。離開台灣才一年多，走在家鄉的街道上竟有恍如隔世的感覺，也許近鄉情怯，連呼吸都變得沉重起來。按了側門邊的電鈴，等了許久阿菊終於來應門，一見他站在門外，竟愣住片刻。

「抰認得我矣？」博文摘下軍帽露出笑容。

阿菊轉身往屋內跑，邊激動的嚷著：「少爺返來矣！少爺返來矣！」

博文踏入家門，隨手關上側門，邁步往大廳走去，遠遠即見母親的照片擺在供桌上，他怔怔的走向前，母親如常用慈愛的笑容凝視著他，手上的軍用包袱掉落在地上。

「恁卡將已經過身半年矣，伊欲死以前思思念念你一人，你若是會當較早返來咧，予伊見著你最後一面，毋知欲偌好咧。」進丁沉痛的告訴他。

「卡將！我返來矣！妳毋免閣再替我操煩矣。」博文跪地痛哭失聲的泣訴：「是我不孝，無較早返來咧，因為戰地足濟人受傷，我袂使得佮患者放咧毋管，所以才會較慢返來，請妳原諒我。」

進丁替他點一炷香，交給他向母親祭拜，博文拿香拜了三拜交給父親插在香爐，然後結實的磕了三個響頭。

「好矣，好矣，起來再講。」進丁拉起兒子。

千佳抱著世傳淚流滿面的站在旁邊，博文神情怔忡的看著他們母子。

「這是恁囝世傳，已經十個月矣。」進丁主動告訴他。

千佳默默將孩子遞給他抱。

博文低頭看著孩子稚嫩的臉龐，孩子也睜大眼睛看他，因為陌生而開始抿嘴，皺起臉便哇哇大哭，掙扎著要給千佳抱。

千佳趕緊接手抱回來，解釋說：「可能是生份。」然後柔聲安撫兒子：「世傳乖，伊是多桑呢！多桑返來矣。」

世傳停止哭泣後，她暫時將孩子交給奶媽照顧，吩咐阿菊備水給博文沐浴梳洗，她伸手要拿走他的包袱，博文立刻阻止說：

「物件我家己整理就好。」

千佳只好回房去拿他的換洗衣物，送去浴間放在置物架上。

博文隨後進來，看著她由衷感謝說：「這段時間予妳辛苦矣。」

千佳眼眶一紅，流露出深厚愛意的望著他說：

「看著你平安返來，啥物艱苦都攏過去矣。」

她為他解開衣扣，面對赤裸身體的丈夫臉紅耳熱，默默為他淋水擦背，享受夫妻間的親膩感，讓他舒適的泡在注滿熱水的檜木桶裡，博文發出舒服的喟嘆。

「佇南洋生活足辛苦對否？」她按摩著他的肩膀肌肉問。

他閉著眼睛不語，半晌，伸手握住她的手說：

「予我浸一下仔燒水，妳先去休睏。」

千佳依言離開浴間，經過書房時看見他的軍用綠色包袱放在書桌旁邊，她猶豫了片刻，打消想替他整理的念頭，雖然她很想看看裡面有什麼？

博文洗去所有風塵，換上居家服從浴間出來，滿福嫂已經張羅好晚餐的飯菜擺上餐桌等他，進丁和千佳母子也在座，世傳坐在他的椅馬上由奶媽餵粥。

「少爺，歡迎你返來。」滿福嫂紅著眼眶說。

「多謝。」博文坐下來吃飯。

進丁和兒子聊一些戰後台灣的變化，博文詢問他認識的一些人的近況，日本因為急需醫療人員，所以乃木太郎一家是最先遣返的一批人，而石原康郎還在台灣等待，因為要幫忙安排在台日人遣返名單的先後順序。聽說萬順死在戰地，留下新婚不久的妻子和遺腹女的事，他看著千佳和世傳，也為自己感到幸運。

「我已經有叫千佳敲電話佮恁丈人丈姆報平安，等你有閒再過去看個。」

「承志大兄敢無欲返來台灣？」博文問千佳。

千佳與進丁互看一眼，平淡的回答：

「伊猶在考慮。」

進丁態度保守的說：「台灣社會目前比戰爭的時陣閣較亂，佇猶袂安定落來以前，先慢且返來也是好。」

博文不解的問：「哪會焉爾？」

進丁嘆口氣回答：「慢慢你就會瞭解。」

飯後博文又陪父親喝了一會兒茶，父子聊了許多戰地與家鄉的事，就是有默契的絕口不提阿春，睡前他和千佳又去奶媽房間看孩子，她留意著他看孩子時臉上神情的變化，從他刻意保持的淡漠，她心裡感到一絲微細的不安，看著孩子時，他真的不會想到阿春嗎？可笑的是她卻不能直接問他這個問題。

博文抬頭與千佳眼神交會，她的眼神幽邃如深不見底的水潭，他平靜的對她說：

「暗矣，要予囝仔休睏矣。」

兩人回到臥房上床就寢，千佳偎入博文懷抱，他只是靜靜摟著她，夫妻相隔這麼久沒見面，他卻沒有產生一絲激情，她聞著他熟悉的氣息，傾聽他沉穩的心跳忖度著，也許是長途跋涉回到家身心俱疲吧？回來就好。

博文閉著眼睛，腦海裡浮現阿春的身影，她還好嗎？應該會很想念孩子吧？他的心裝滿對她的同情，很想再見她一面。

寂寂長夜，窗外浩瀚的天河繁星閃爍，農曆十四半夜的月亮將圓不圓，彷彿訴說著人間許多難以圓滿的遺憾。

*

博文踩著腳踏車出門，戰爭改變時代，也讓民風跟著改變，北港的街道上與以往看來有許多不同，路上多了不少穿中山裝與唐山長衫的男子，完全不見日本軍警或穿著日本和服的婦女，「慶祝光復台灣，歡迎中華民國政府」的旗幟隨處可見。

「你毋是介歹？介心雄手辣？叫些個台灣的巡查補替你扑人手袂疼，換你予人扑會疼否？」

博文注意到路邊角落圍著一群人，聽見怒罵聲，他停下腳踏車，走過去觀看，認出領頭的是常跟在萬成身邊做細漢的鰗鰡。

「大人啊！饒命喔！我彼當時焉爾哀父哭母求你，今嘛只要換你開喙求我，我就放你煞。」鰗鰡用嘲諷的語氣學著當初求饒的話，眼神乖戾的瞪著那個被四個人架跪在地上的男子，邊說邊朝那男子又踢又打。

那男子頭髮凌亂，嘴角泛著血跡，眼神雖有一抹恐懼，臉上仍然堅毅咬著牙關，不願屈服出聲，博文看見那位男子正是與岳家有交情的日本所長石原君，不禁暗自心驚。

「恁焉爾是在創啥？這爾濟人欺負一个，算啥物男子漢？」博文擠進人群前面，仗義執言。

鰗鰡愣了一下，認出是德隆發商號的少頭家，很客氣的回話：

「這个四腳仔大人過去欺負咱台灣人忝忝，無佮咱當做人看待，若無趁機會剝伊一層狗皮，難消我滿腹的怨恨。」

博文態度冷靜的回答：「台灣是有法律的所在，袂當焉爾動私刑，就算伊過去有毋對的所在，欲處罰伊也要經過法律的審判才對。」

鰗鰡發出一陣訕笑，語氣輕佻的說：「讀冊人冊讀尚濟就是會頭殼歹去，過去的法律是佃日本政府訂的法律，今嘛日本政府已經倒矣，猶有啥物法律倘講？」

「今嘛毋是換中華民國的政府來接管？敢講就無法律？」博文義正詞嚴的說。

「可能是有啦！毋閣我猶毋捌看過，既然少頭家你出面，阮就予你面子，今仔日先放伊煞。」鰗鰡用眼神示意大家，放開石原就一哄而散。

石原俯趴在地上，博文過去將他扶起，用日語關心的問他：

「石原君，你還好嗎？」

石原一臉痛苦的表情，摸著身上的傷處，虛弱的用日語向博文道謝。博文陪他走回宿舍，問他為何還沒回日本？他說遣送的船輪每次載運的人數有限，他必須安排讓老弱婦孺先回去，這就是日本人最講究的社會次序。

博文騎腳踏車來到位於鬧街上的自家店鋪，在雜貨行門前，又遇上爭吵。

「你們這家店是怎麼回事？幾天前來買黃豆一斤才十塊錢，今天就說要五十塊，你們是欺負我們外地來的人嗎？」

「我聽無你在講啥物碗糕啦！物件起價是按源頭起落來，彼工賣十塊是彼工的價數，今仔日就是要賣五十塊，欲買毋買隨在你，莫佇這佮我花袂煞。」

博文冷靜聽著自家五穀雜糧行的伙計，正和一位中國老先生在店裡比手畫腳的各說各話，他雖然不盡聽懂所有話語，半猜也約略明白個大概，於是問伙計：

「伊是在講物價哪會一睏頭起這爾濟？」

伙計一臉為難的向他解釋：「少爺，你毋知啦！自從個國民黨政府來接收台灣了後，物件買賣是毋免按照配給矣，結果物價煞一直起，比戰爭的時陣閣較亂，咱做生理是按照進貨的價數在訂賣價，也毋是咱故意欲起價的。」

博文轉向那位老者，將伙計的話簡單翻譯給他聽，只見老先生愁眉苦臉的搖頭嘆氣，最後還是忍痛付帳，神情沮喪的離去。他環視店內各種五穀雜糧的存貨量明顯不足，擔心台灣也會和戰敗的日本一樣，陷入糧食短缺的危機。他在街上幾家德隆發商號開設的店鋪巡視一回，連油行、米行、雜貨行到布莊，都有相同的情況，民生物價波動太厲害，表示社會不安定。

博文騎腳踏車來到岳父開設的慈愛病院，他發現患者增加了不少，且都是操外省口音的外來人居多，幾位護士小姐分別在做打針、包藥、叫號的工作，忙個不停。

「你，哪裡，沒舒服？」

博文站在丈人的診間門口，看著他用蹩腳的北京話問診，患者是一位抱著肚子的五十多歲老太太，旁邊站著滿臉憂慮的老先生代替她回答：

「她上吐下瀉已經兩天了，吃了一些成藥也不見好。」

林伯元抬眼看見女婿，博文伸手指指外面，示意要去幫護士的忙。他熟練的加入醫護行列，一如他在南洋戰場上的醫療救護站所做的事那般，他絕不後悔自己選擇去戰地當實習醫生，可以有機會去學習更多經驗並且「報效國家」，他認為是一件光榮且有意義的事，只是如今他所認同的國家已經不是國家，反而是父祖輩心神嚮往的神州祖國來統治台灣，面對眼前的一片社會亂象，他不得不為台灣人民擔憂起來。

中午休診後，翁婿兩人從住宅與病院相連的後門回去吃飯，進入飯廳，正好看見千惠拿餐盒在打包食物，見到博文只草草叫了聲姊夫，把餐盒放進一個布包就匆匆出門去了。美慈見到女婿分外歡喜，忙著張羅吃食讓他們在飯廳用餐開講。

伯元皺著眉頭問妻子：「伊閣欲去佮石原桑送飯？」

美慈無奈的回答：「講亦講袂聽，加講加氣魯的。」

博文簡單描述一下早上遇見石原的情景，感慨的說：「過去赫爾威風的人，今嘛變佮淒慘落魄，些个欺負伊的人，亦是過去予伊修理過的人，這叫做以牙還牙。」

「日本政府戰敗，有的軍官無法度面對這種結果，選擇自殺殉國，活落來的人其實才是勇者。」伯元平心而論。

美慈為他們兩人添飯，邊說邊抱怨：「卡講猶是日本人尚守規矩，欲按台灣撤退返去日本這段時間，日子是足歹過，毋閣大家攏照步來，無像個些个中國來的人，有夠歹款，講是軍隊和政府人員，事實和土匪差不多，逐工看報紙上寫的些个代誌，予人強欲吐血。」

「看咱病院的患者增加真濟，干偌袂輸佇戰場同款。」博文神情有些憂慮說。

「袂少是中國來的人，個隨著國民政府逃難過來台灣，離鄉背井來到一個生份的所在，水土袂合是真正常的代誌。」伯元解釋著說。

博文對丈人說起早上在自家商號發現物資短缺，物價不斷上漲的亂象，疑惑的問：

「戰爭毋是結束矣？是焉怎比配給的時陣閣較亂？」

伯元起身去拿來幾份報紙，翻給博文看，都是一些批評國民政府貪污腐敗的言論。

「中國猶在內戰，咱台灣在日本時代，要供應物資支援太平洋戰爭，今嘛換國民政府，同款佮物資運去支援內戰，些個過來接收的政府官員也無像日本人做事赫爾有計劃，毋才會予台灣社會變佮亂操操，真正是狗去豬來。」伯元憂心又氣憤的說著。

美慈過來加入他們一起用餐，隨口問：

「等年過，你會返去學校繼續讀冊否？」

「當然嘛會繼續我的學業，做一個救人的醫生是我的願望。」

「你準備欲去佗一間病院實習？」伯元問他。

博文回答：「看學校的安排。」

「你今嘛是做人的老父矣，以後做人做事要想較長咧，毋好閣這爾衝動，替人做保的代誌千萬毋倘閣做。」美慈忍不住唸了女婿一句，見他神色愧然默不作聲，也就不再多說。

千惠帶著食盒去到石原家，這段時間如果不是她的援助，他的日子會更加難過，來開門的石原刻意避開她的視線，她卻一眼即見他臉上的傷，急切的關心：

「又被人找麻煩了？身上有受傷嗎？」

他苦笑回答：「沒有關係，輕傷而已。」

她走入屋內，看見一只行李箱擺放在門邊，她強裝若無其事的問他：

「你什麼時候要回日本。」

石原低聲回答：「後天就要出發去基隆坐船。」

千惠面對他，直視著石原落魄消瘦的臉龐，看他幾度欲言又止，終究還是沒有勇氣說出他心裡的話，在眼淚流下以前，她匆匆轉身離開。

*

阿春替地主陳家生下可以繼承香火的男丁後，回到榕樹王庄如常過日子，村人都以為她不在的這段日子，是去城市的有錢人家幫傭，生活過得比在鄉下好，白胖了一些。土水和圓仔兩老都看得出來她內心對孩子的思念，因此絕口不提所有的事。看她經常坐在屋簷下凝神望著遠方，兩粒腫脹的乳房因汩汩流出的乳汁濕透衣衫，同為女人的圓仔怎會不明白媳婦暗藏在心底的血淚？圓仔叫土水騎腳踏車去鄰近鄉鎮的漢藥房買了一些麥芽，先在鍋裡翻炒，再放入茶壺熬水給阿春喝，讓她可以趕快退奶。

「做穡人的命尚賤啦！冬天霜風凍，熱天日頭曝，三頓食番薯簽配醬菜，哪會袂破病？阮大兄就是焉爾拖磨死的啦！」有義邊吃晚飯邊抱怨。

為了趕那些急於插秧的二期稻作，委託他們去犁田的工作一大堆，父子倆每天摸黑出門，又摸黑回到家。他雖然平安從南洋回來，心裡對前途卻更加不滿，原以為從軍可以賺錢脫離困境，結果日本政府戰敗投降，他擁有的只是一本無法提領薪水的存摺。

土水看了一眼坐在門邊矮凳監督永隆吃飯的阿春，語氣淡然的回答有義：「咱今嘛有家己的牛倘犁田，閣有牛車倘幫人載貨趁錢，要知足矣！」

有義停下筷子，充滿疑惑不解的追問：「多桑，你講咱兜的牛佮牛車是地主借咱錢買的，地主是焉怎會對咱這爾好？」

土水編造了一個半真半假的理由回答：「咱的地主是有名的大善人，恁大兄在生伊就足疼惜伊的，有忠過身了後看咱艱苦，安排予恁兄嫂去個兜食頭路，用薪水去抵的。」

「總是感覺有淡薄仔奇怪。」有義看了阿春一眼。

從南洋回來後，他就感覺兄嫂變得不一樣了，他也說不出那種改變是什麼，不像是守寡的哀傷，卻總是愁容滿面，一副心事重重的模樣，他曾試探的問她：

「阿嫂，妳是在煩惱永隆無老父倘照顧呢？妳會使得放心，我一定會負起照顧永隆的責任。」

她卻只是淡淡的道了聲謝，心事依舊令他不解。

全家人吃飽飯後，有義去庄內找同伴聊天，圓仔端熱水幫忙將永隆手腳洗乾淨，阿春忙著收拾碗筷，她的弟弟發仔提著電土燈，抱著一綑釣青蛙的竹篾走入蔡家土埕，正在牛椆替牛欸補充甘蔗尾的土水，看見發仔走進來，招呼他說：

「發仔，你欲來揣恁大姊是否？」

發仔禮貌彎腰點頭回答：「我欲去田裡放四腳釣仔，順續來揣阮姊啊講一下仔話咧。」

阿春聽見他們的對話走出來，兩姊弟去角落小聲談話。

「我今仔日去北港賣水蛙，有替妳去探聽陳家少爺的消息，聽講伊位南洋返來矣。」

阿春激動的問：「你敢會當確定是真的？」

發仔憨憨的反問：「是佃店內的店員講的，人騙我欲創啥？」

「伊總算返來矣。」阿春流下欣慰的淚水。

發仔不明所以的問她：「妳是焉怎這爾關心伊？常常交代我去探聽伊的消息？」

「你莫問赫濟啦！緊去放四腳釣仔。」她催促弟弟。

發仔離開後，阿春癡癡的望著遠方的夜空，思念的河流朝向那人所在的地方奔騰，明知是不被允許的情感，還是忍不住牽掛他的生死，如今知道他平安回來，可以從此把他放下了吧？

＊

在北港陳家大宅的書房裡，博文拿出他從菲律賓戰場帶回來的鉛筆素描，挑出阿春的畫像凝視著，她的身影早已烙印在他腦海，耳畔插著一朵山芙蓉的她，露出一抹略帶嬌羞的淺笑，那眼神彷彿還殘留著昨夜兩人的繾綣，明知不能有的感情，他是如此的思念她，她是否也會想念他？

釀小說132　PG2963

牛車走過的歲月

首部曲・紅塵有愛

作　　者	凌　煙
故事構想	李岳峰
責任編輯	孟人玉、吳霽恆
圖文排版	許絜瑀
封面設計	王嵩賀

出版策劃	釀出版
製作發行	秀威資訊科技股份有限公司
	114 台北市內湖區瑞光路76巷65號1樓
	電話：+886-2-2796-3638　傳真：+886-2-2796-1377
	服務信箱：service@showwe.com.tw
	http://www.showwe.com.tw
郵政劃撥	19563868　戶名：秀威資訊科技股份有限公司
展售門市	國家書店【松江門市】
	104 台北市中山區松江路209號1樓
	電話：+886-2-2518-0207　傳真：+886-2-2518-0778
網路訂購	秀威網路書店：https://store.showwe.tw
	國家網路書店：https://www.govbooks.com.tw
法律顧問	毛國樑　律師
總 經 銷	聯合發行股份有限公司
	231新北市新店區寶橋路235巷6弄6號4F
	電話：+886-2-2917-8022　傳真：+886-2-2915-6275

出版日期	2024年4月　BOD一版
	2024年6月　BOD二版
定　　價	320元

本部作品榮獲國藝會長篇小說創作補助。

讀者回函卡

國家圖書館出版品預行編目

牛車走過的歲月. 首部曲, 紅塵有愛 / 凌煙著. -- 一版. -- 臺北市 :釀出版, 2024.04
面； 公分. -- (釀小說 ; 132)
BOD版
ISBN 978-986-445-898-1(平裝)

863.57 112020826